陈东东——著

陈东东短诗集

海神的一夜

江苏凤凰文艺出版社
JIANGSU PHOENIX LITERATURE AND ART PUBLISHING, LTD

图书在版编目（CIP）数据

海神的一夜 / 陈东东著. — 南京：江苏凤凰文艺出版社，2018.10
ISBN 978-7-5594-1678-0

Ⅰ. ①海… Ⅱ. ①陈… Ⅲ. ①诗集－中国－当代
Ⅳ. ①I227

中国版本图书馆 CIP 数据核字(2018)第 045609 号

书　　名	海神的一夜
著　　者	陈东东
责任编辑	梁雪波　王宏波
出版发行	江苏凤凰文艺出版社
出版社地址	南京市中央路 165 号，邮编：210009
出版社网址	http://www.jswenyi.com
印　　刷	江苏凤凰新华印务有限公司
开　　本	880×1230 毫米　1/32
印　　张	11.75
字　　数	200 千字
版　　次	2018 年 10 月第 1 版　2018 年 10 月第 1 次印刷
标准书号	ISBN　978-7-5594-1678-0
定　　价	49.80 元

目　录

I　七十八首(1981—1989)

Ⅱ　七十二首(1990—1999)

Ⅲ 六十七首(2000—2017)

Ⅰ　七十八首

（1981—1989）

诗篇

在土地身边我爱的是树和羔羊
满口袋星辰岩石底下的每一派流水
在土地身边
我爱的是土地是它尽头的那片村庄
我等着某个女人她会走来明眸皓齿到我身边
我爱的是她的姿态西风落雁
巨大的冰川她的那颗蓝色心脏
琮琤作响的高大山岭我爱的是
琴弦上的七种音色
生活里的七次失败七头公牛七块沙漠
我爱的是女性和石榴在骆驼身边
我爱的是海和鱼群男人和狮子在芦苇身边
我爱的是白铁房舍芬芳四溢的各季鲜花
一片积雪逃逸一支生命的乐曲

(1981)

读艾吕亚

有时候想象是一块冰一把羽毛
是三月的暖风解冻的风
有时候节奏之间跳动着帽子
跳动着红色手套一双舞鞋
那么多海的气息海的颜色
山的气息山的颜色
那么多爱情的声音和平的声音
想象的声音葡萄和柠檬的声音
诗在黄昏像一块冰
像一把羽毛一个四处徘徊的孤独
在蓝色橙色的背景之下
保尔·艾吕亚一息尚存
在三月的暖风解冻的风
天鹅绒女子的抚慰之下
保尔·艾吕亚一息尚存
有时候进入梦乡一对黑鸟歌手惊觉
他看见一只眼睛爬上锁骨
一群姑娘走进了月色

（1981）

短章

黑夜是一件无缝天衣
死亡是另一件
宽大的天衣

枝条每唱一句
就有一次
阴影颤动

仿佛山水
如半圆丘上的
红色姿态

菩提树下
歌手
吟风

（1982）

歌儿

西海岸东海岸白浪连山
对应天上的星辰
你会发现歌唱的岛屿
平静的酒杯
石头祭台和石头山羊

那些戴礼帽的桅杆
做鬼脸的桅杆
倾斜的桅杆和英雄主义的桅杆
它们指向一队银鱼
头顶反光的希望舞蹈

而在山上，在楼头
在两支入梦的谣曲之间
有人已经历尽了沧桑

(1982)

终曲

秋天已尽。阳光下伸不开温暖的双手

马路上的落叶
街心花园的寂静场面
一些年轻女子迎面掠过
然后有人回忆秋天

过道间，躲过阴影的广告正面
我看见白光一闪
　　　　白光一闪
是谁折断了拐角的冰山

街上的电车像一只铁鸟
　　　　　　一只黄鸟
一只大声呼喊的鸟和敞开翅膀的鸟
我真想出去随便走走
像整个秋天
面对桥上的一大片晴空

（1983）

语言

岩石的双肩舒展，军舰鸟的翅膀开阔
太阳像金甲虫一样嗡嗡作响
偶然飞进了白色厅堂

在更远处，橘红的游艇缓缓靠岸
有如另一个盛夏黄昏

我的眼里，我的指缝间
食盐正闪闪发亮
而脑海尽头有一帆记忆
这时镶着绿边
顶风逆行于走廊幽处

当云层突然四散，鱼群被引向
临海的塔楼
华灯会瞬息燃上所有枝头
照耀你的和我的语言

(1983)

远离

远离橙子树林
远离月光下的橙子树林
远离有两只蓝鸟飞过的橙子树林
也远离被一片涛声拍打的橙子树林

远离橙子树林
远离河流分叉口的橙子树林
远离夏天的橙子树林
也远离另一片被风掀翻的橙子树林

远离橙子树林
也远离水底的岩石和火焰

(1984)

树下

树下我遇到滋润先生
梳分头先生，穿礼服先生
我遇到正待操琴的先生

何为悲痛？在遥远的尽头

我遇到灼烤龟背先生
瞒过一妻一妾先生

悲痛是大麦、稻米和包谷在流泪

树下我听古歌一曲
落发纷纷一曲
岩石制造黄昏的一曲
树下所有的龟背干裂
我的气候海洋变红

人们朝着粮仓围拢，粮仓饲养
悲痛的鸟儿

树下我遇到诗歌先生
谈情说爱先生

树下我听蛙鸣之歌
礼服甩在草间
赤膊先生砸向了池塘

树下我遇到词语溅起星空的先生

（1984）

从十一中学到南京路，想起一个希腊诗人

爱琴海的自由空气蓝光一片
沙岸尽头，那个老人仍然恋海
仍然畅饮希腊的太阳
巨岩上，女子赤裸低声歌唱
丰腴的身体
卵石一样润滑的姿态波浪起伏
他不会因此再一次吟咏
七十三岁
他抚摸自己粗糙的胸膛

现在我走出十一中学
看到南京路上一带晴空夏意欲滴
街角的姑娘面容姣好
汽车像鸟，低低飞过了她们身边
接着我拐向另一条马路
渴望闻到海的气息
无所事事的男人女人走进水底
黑礁石灿烂
诗集被风吹成了火把

（1984）

犬目

犬目也是夜灯。同一张脸上
十万犬目张开彼城
自丛生的芦苇朝忘川闪烁

你到此岸已经多年
坐于石上，想象那尾
横躺的船

每夜，天犬都会让华灯满城
十万犬目令你惊心

坐在风中
你周遭的芦苇高于星空

（1984）

黑背鸦之夜

黑背鸦忧伤夜晚直立。有多少夜
多少夜晚

你读几首深冬的诗,看黑背鸦起舞
听声音铁片划破了冰海

在它翼间,白色斑点,星光和石头
冰下你触及初生的鱼

黑背鸦起舞,忧伤直立。有多少夜晚
你也去写深冬的诗

某一天越过封冻的海
黑背鸦终于落到灯前

它亲切,兴奋,就像一个人
离家多年……突然回来了

(1985)

纸鹤

要让纸鹤掠过山梁，要让它们双眼酸痛
并且听它们沙沙尖叫

要让纸鹤认清海流，透过南风
岛屿入夜比水更蓝
初月一片映进了杯盏

你从中午就已经看海
命令每一只纸鹤飞舞
在堤坝上，旅馆红色的弦歌声里
你听不清几句低语喃喃

要让这喃喃也成为诗章，就像纸鹤
翅膀平直滑向头顶
要让节奏刀一样掠过
或如纸鹤
墨血一腔落进了杯盏

(1985)

诗人蒲宁在巴黎过冬

冬季温暖地漂浮在河上
夹竹桃鱼群缀满了枝头
它们的影子纤细到迷乱
像手指翻动无限的票据

当我面向街景的时候
黑头发爱神变幻的鱼形
更向我闪耀，在一幢
尘封的塔楼顶端

我的阳光是我的梦境
干燥的河滩，几块冰融入
两个男人忍耐于垂钓
身旁是一架白色的帐篷

我很难看清自己的影子
在白天，我是名叫蒲宁的
诗人；在夜晚，在深睡里
我可能是一场大雪，或是

瓦上的一角晴天

（1985）

佛法僧

鸣啭的佛法僧停在山前
纯净而平稳，这些会翻飞的鸟
它们如火星表面假想的河流
蓝光点点映进了初冬
寺院里，两棵银杏招展暮色
招展日影和季节的翼翅

你在风中默坐了多年
遥想火星，喝铁皮罐里的一汪雪水
现在你真的穿过沙漠，站到
岸上，佛法僧们匆匆滑过
像流经枝椏的几声钟响
你抬起头，眼前暗红的便是火星

（1985）

如一根残枝

门外一整夜风声如锯
一整夜薄铁片切割开雨
嘶哑仿佛石头的叫喊

你寻找过水，在干旱的牧场上
翻遍涧底瘦小的黄昏。乱草丛里
几朵枯莲红鸟被惊起

你寻找过水，回头走进了另外一季
街道深埋于滂沱轰鸣
有如沉船，没有人记得它的黑帆

当你想到一夜风雨
只是落叶敲打着时间，你读到的诗
也将凝冷如一根残枝

（1985）

骨灰匣

他被装进木盒子里
他的无视又得以穿越冬季的墙
他甚至看见了消失的风景

十年以前他就老了
他成了一根腐朽的羽毛
像一间空屋和堆在顶楼锈蚀的铁器
下午的阳光映红江面
他坐在窗下，听一群孩子秋天里喧闹

他甚至能分辨夜的深浅
钟声沙沙作响
他的血管一寸寸爆裂
他知道他成了自己的荒地
蒿草没顶，潮湿的石头又冷又硬

他的左边有一束纸花，前面三只
塑料橘子。厮守着纤瘦苍白的
烛火，他重又把死还给了不死

（1985）

垂暮之年

平静的日子,激动人心的日子
在高大的山中和积雪之上
像鹰翅一样纹丝不动,这些日子
山羊和岩浆

冲浪板上的水滴,深草丛中的阳光
月球表面,红色沙漠和
孤旅之夜,一座空寂的
城,书报满地

他变得像一把沉重的椅子
被进进出出的陌生人和空气忽略
低下脑袋,书桌上有一杯浓茶
一只玻璃烟灰缸,半打本子

楼下正在修路
他已经到了垂暮之年

(1985)

塔影

塔影把我们带入盛夏
日出流淌的红色河水引我们远离
一架形同犀鸟的琴,它奏响
歌声催我们泪下如雨

当我们穿越狭窄的街
见下午的太阳刺目如海胆
我们的身姿就融进塔影
就等待下一个清凉的假期

我们让思绪躲避开岩石
躲避开冰冷的火焰和沉默的墙
草丛间,一只蛇蛉展开翼翅
上面浮泛夕光的香气

我们的注目会遇到死亡
会遇到盖过山梁的又一片荒沙
我们听乐曲塔楼上奏响
塔影歌手的黑色河水引我们远离

(1985)

非洲

乞力马扎罗以西，是恐龙的汪洋
始祖鸟的天廷
直升飞机的道路和
黑孩子的沙漠
排满洼地的红色陶罐
它们开裂
骄阳下盛不住正午的清水

石缝里不再有草的气息
不再有阴影和软体动物
暮色之间，老人像科拉琴被饥饿演奏
被兀鹰和夜之巨蜥遗弃
一个久居月下的酋长
双眉低垂
生殖器干瘪像一条简讯

整整三年，卡车如犀牛尘土里撕咬
他们等一片带雨的天空

（1985）

起身

清晨也是欲望苏醒的时刻
是饥饿之鸟飞离峭壁的时刻
是想晒太阳之鸟飞离峭壁的时刻
也是寻找幸福之鸟飞离峭壁的时刻

清晨也是精神抖擞之树
开满蓝花的时刻,在心的航空港
血液之旗升上顶端,一架飞机划开了云天

清晨也是雄心勃勃之日跃出大坝的时刻
等到我终于穿好了衣服,窗下能听见
鱼群歌唱,也能看到上学的孩子

(1985)

点灯

把灯点到石头里去，让他们看看
海的姿态，让他们看看古代的鱼
也应该让他们看看亮光
一盏高举在山上的灯

灯也该点到江水里去，让他们看看
活着的鱼，让他们看看无声的海
也应该让他们看看落日
一只火鸟从树林腾起

点灯。当我用手去阻挡北风
当我站到了峡谷之间
我想他们会向我围拢
会来看我灯一样的语言

（1985）

雨中的马

黑暗里顺手拿一件乐器。黑暗里稳坐
马的声音自尽头而来

雨中的马

这乐器陈旧,点点闪亮
像马鼻子上的红色雀斑,闪亮
像树的尽头木芙蓉初放
惊起了几只灰知更鸟

雨中的马也注定要奔出我的记忆
像乐器在手
像木芙蓉开放在温馨的夜晚
走廊尽头
我稳坐有如雨下了一天

我稳坐有如花开了一夜
雨中的马
雨中的马也注定要奔出我的记忆
我拿过乐器
顺手奏出了想唱的歌

(1985)

汽车出山

汽车出山,热空气上升
在那些黑石块生长的年代
是否也有俯瞰的
鹰,被蛇吸引
直冲进海

如今这汽车远离了飞鸟
司机有急事
把车开得像跳跃的雄獐
在那些蛇颈龙横渡的年代
是否也有警惕的
眼,盯紧猎物
等待枪响

一个夜晚
再一个夜晚
另一个夜晚稳坐在树下
我是否又回想出山的汽车

(1985)

一江渔火

应该去领受入夜的石头。在江里
这石头白
冰冷而沉重

比它更平静，如林中浆果不为人知
当车过铁桥
一江渔火在黑暗里闪现

过道上，那些陌生的脸
那些阴沉的脸。当车过铁桥
一江渔火在黑暗里闪现

此刻
此刻假如有一只鸟
火红的大鸟假如这时候撞进车窗

只能是我。我会喊出它的名字

（1985）

车停蚌埠站，想起跟死有关的事情

太阳照耀另一些人
另一些杯子，另一些手
我的列车停进了黑夜
我在暗处
我知道自己有多么阴沉

那堵墙也在自我的黑夜
墙下是草，昆虫闪亮
再往下，就能找到海的印迹
海退尽时
离今天何止几十万年

我想此刻迈出车门
穿过铁路，翻越那堵墙
等到弄清了死亡的真相
我再返回
尽管车可能就要开走

（1985）

七月二十五日在青城山的浓荫里

群山都朝向同一片阳光
看这些山脊打树丛里露出
瘦而干枯，这些石头小马会
奔进深海。跟影子相隔
江又已经在云层下涨满
两根原木热切地交谈
激流里，它们像两根钢针闪亮

对着初月，群山转折
蓝烟从深谷直漫上树梢
这些树梢紧贴岩石
似乎根本经不起风
似乎每一回都被雨打烂
都被晴夜照成了火把

入夏我听着蝉唱一片
浓荫之下，我更去听寂静
如水滴穿石
　　　　　如风吹山阴道
　　　　　五色花飘落
路过凉亭，我向卖茶的
要一些松果

还向他打听了山的年龄

（1985）

独坐载酒亭。我们该怎样去读古诗

江面上雾锁孤帆。清晨入寺
红色的大石头潮湿而饱满
像秋染霜叶，风吹花落
像知更鸟停进阴影之手
这些都可能是他的诗句
在宋朝：海落见山石
一个枯水季节，尘昏市楼

而我经历了一夜大雨
红石块上，绿叶像无数垂死的
鱼，被天气浸泡得又肥又鲜
树皮这时候依然粗糙
漂在池上，什么也不像
隔江望过去，中午的载酒亭
依山静坐，我在其中
见江心有一群撕咬的猛禽
翼翅如刀

　　　　我们也得有
刀一样的想法。在载酒亭
他的诗句差不多失效
独坐里，我们也得用

自己的眼睛，看山高月小

（1985）

在山中一个小站等车

山那边一片八月的安宁。树冠倾斜
虫声不断，少有人迹
在它下面，盛夏的河流平静
狭窄，石头干瘦
如白色的马群
河床引铁路伸进了黑夜

我已经扔开破碎的导游图
这一带苍茫的山
丛林、寺庙、熟识的浓荫和
一带红墙我也将抛下
现在，当我又在暮色里驻足
我看到，河对岸一只黑蜘蛛

飘来，它的网宽大，结实又明亮

（1985）

途中读古诗

手在寂寞里向下一翻
手又像枫叶
贴紧几个多事之秋
雨打纸上跳动的字迹

这趟慢车空空荡荡
仅仅运载着
一个旅人,我
听着风,在深谷里
秋月敲打一轮秋月
秋月敲打河滩的积水

不只一遍
我读那些诗。树下
窗前,墨黑的湖
寂寞里我想再看看

他们。喝醉了他们就
舌苔发苦,就躺在
石头上侧听秋之声
他们的寂寞也像秋月
我一翻手,合上了书卷

(1985)

树

从树的根部进入并生长。有如灯盏
军舰鸟们成熟的喉囊倾斜着入海
海，海峡，鱼和水草的天青色姓名
我们周遭的冷风是光
是秋光和众星敲打树冠的光
树皮粗砺，我们在它覆盖下生长

尔后我们将引导着它。这些树苍老
白，阴影已喑哑，默对着
翅膀狭长的军舰鸟之月。我们引导
树进入海。海，海峡
鱼和水草的天青色姓名
树的周遭有寒冷的光，有秋光和
众星敲打思想的光
树皮粗砺，我们的灯盏在前面照亮

（1985）

诗

枕席间舒展一些夜晚
手臂柔韧，双鸟对月
秋荫里我听见虫声闪烁

另一些夜晚，但已是盛夏
枕席间仍有赤裸的
睡莲。一个黎明

哦一个黎明
一个被愿望雕刻的黎明
雨在庭院里等我吟唱

（1986）

途径

走过这样的途径，黑色雨伞的落日
也走过这样的途径
城堡之下，夜宴之中
点亮每一根蜡烛的时刻
当然也走过这样的途径
钟和堤坝的途径，沙岸以左
肉的风帆大张开盛夏

秋天有其悠远的途径，成熟的乳房
黄昏的塔，一连两个月
晴朗的天气。在秋天
我也走过这样的途径
阴影倾斜的街，鸥鸟之海
等待下一次积雪的山梁
这样的途径伸进了夜色

读完一本书，又听见虫鸣

（1986）

进来

冬天里写成的一首诗
映在墙上的一个阴影
要么是水，要么
奔马，驰出林带

偶然见到的一块圆石
要么是远古寂静的山
要么月照，溪涧苍白
几种松枝几个黎明
茅草屋顶被雪压垮

同样时刻，你走进来
你走进来，赤裸，僵硬

（1986）

黄昏

黄昏会安宁到怎样的程度

倾斜的河滩，入夜的风
几块你可以坐卧的石头
和一只羽翼丰盛的鸟
你的茅舍就这样搭起
一面窗对山
一面窗能看见初月上升

门前是近于荒芜的牧场
站在困乏里睡觉的马
看上去像几棵秋天的树
你想起那时候
你在城里，另一个黄昏
疾驰的汽车碾过你身旁

（1986）

鹰

鹰在山前寻找居所
明亮的黄昏
一场雨到来
写好的诗句被迅速推翻

它的翎毛，潮湿的
翎毛伸进了老城
瘦小的街，枯竭的井
几家店铺在雨中关门

在雨中栖息
鹰的形象比黄昏更明亮
金属的声音，犀利的趾爪
塔楼上它掀动阴暗的双翼

鹰也在雨中造就了诗
在拐角之上，老城的春天
在黑夜将消息传递的时刻
鹰也在一个大梦里低回
到山前去寻找最后的居所

（1986）

在旅顺

王红公,爬山的老手
另一个名字:雷克思洛斯
我见过你所歌唱的美景
大气在飘荡,蓝光划破
山流进深海像鱼的脊背
　　　　　落日以前
我向她讲述你的诗篇

你写每一堵夏季的山脉
鲜红一大片
把几条溪涧映衬得更美
　　　　　鸟被风托起
去细察建造在谷底的城
那些细街早已经废弃

而你描绘的爬山新手
姿态稳健
让我想到了我的旅伴
她站在一座旧炮台前
把黑色的陈迹指点给我

　　　　　鸥鸟在山外

我让她回看
夕阳下的古旅顺海如打碎的
　　　　　镜子
这样我又提起了你
我念出你那行最好的诗

（1986）

记忆

我退得更远，更靠近
房舍和夜的尽头
一棵种下多年的树
如今已足够黯淡星辰
我把书放在积尘的窗下
我看着她们在夏季里走动

无数裸女，她们的短发
在圆柱之间，像黝黑的
阳光，有如指环
她们走出清凉的甬道
接着又走进古老的暗影
她们的躯体被渐渐遮没
但鬓角仍旧海一样耀眼

我退得更远，能够把
她们的背景也看清
在海岸上方
天空衬着水和飞鸟
把我把她们变成了记忆

（1986）

入梅

同一个梅季，但已经
陈旧，卵石在暗夜
又变得粗糙。在另外的
雨中，在城下那座
幽深的庭院
三只灰雀正好飞临

它们避雨
从卵石路面跃向
黄昏。一盏灯孤寂
雨的姿态在低语的光中
雨的姿态灰雀般躲闪

这样的诗句更吸引我
天寒岁晚，山的鬓发间
簪满了狐狸，这样的诗句
灯下像避雨的灰雀跳开

我打开屋门
看见卵石上几滴雨跳开

（1986）

残年

黑暗里会有人把句子点燃
黑暗并且在大雨之下
会有人去点燃
只言片语，会有人喃喃
低声用诗章安度残年

在青瓦下，在空旷的室内
会有人用灯把意义点燃
会有人惊醒
独自在黑暗里
听风吹雨

　　　　独自在窗下
会有人看清点燃的街景
马车驰过，似乎有千年
早已在一片夕照里入海
马车驰过，像字句被点燃
会有人看清死已可期

(1986)

断章

海是青铜入夜的反光
海的蔚蓝，一如我们
血液的蔚蓝，一如苍鹰
它青铜的身影三角帆一样
上溯我们血液的源头

血液也有青铜的反光
它淙淙作响，在我们
石头的体内流淌
在我们体内，血型各异
一如青铜有各种形状

一如青铜的古老和神奇
海变幻姿态
　　　　　把我们
浸泡，它鱼形的掌心
有结晶的盐和飞翔的鹰

我们的血液也饱含着盐
三角帆折回，落日锈蚀
一如青铜年深月久，一如
退潮，鹰突然跌落

石头上泛起血光一片

（1986）

诗章

这是清凉的芦席，这是清凉的水
　　这是粗糙的太阳
　　户外浩大的太阳
这是我的居所，半个夏天的居所
　　这是我的诗章
　　供你诵读的诗章
这是街口，光滑的汽车，湿润的面容
　　如同黑色卵石的季节
　　这是鸣蝉高唱的树木
下午的余荫，耀眼的玻璃，这是
　　遮挡艳阳的屋檐，灿烂的
　　鲨鱼，归帆的姿态
这是帷幕背后的裸体，黯淡的短发
　　黄金的左腿
　　一群雨燕向街心聚拢
这是出门看海的日子，独坐的日子
　　低语的日子，这是
　　芦席清凉的日子，海
就在手中，背后的墙上显现出诗章

(1986)

日记

海蜇有一副玻璃的长相。这跟水
相似，跟入夏的心境正相仿佛
今天我穿过大半座城市
我去找你。你的房舍更接近海

沿一堵墙——我是说沿着
石砌的堤坝，我去注目拍岸的
浪，听鱼的声音来自
海沟，或许来自水底的洞穴

我一路步行先去了码头，然后
折回，敲你的房门。下午
亮光透进板壁，跟水相似
如玻璃海蜇，正符合我们

入夏的心境。而我在天将傍晚
告别，返程不再经过那码头
落日以前，海被映照得更加
明亮，海蜇有一副玻璃的长相

（1986）

枝条

我为之歌唱的枝条
那曾经舍弃的枝条
新鲜的雨和黑色的枝条
它重又摇曳,在这个夜晚
闪亮的雨像蝴蝶繁忙
像枝条在窗前反复的阴影
它伸进风,被车灯照亮
似乎已不仅是奇怪的鸟
黑色的枝条更加坚硬
似乎也不仅是粗糙的铁
不仅是趾爪,或柔韧的手
它在雨夜倒映上板壁
被海和石头的马鬃浸洗
黑色的枝条更有生气
仿佛撞开坚冰的鱼
和一个来自沉寂的人
他穿过廊道,拐向暗街
被身后刺目的光芒横扫
黑色的枝条雨夜孤独
它绽放的花朵
让我又一次为之歌唱

(1986)

寂寞也一样

我已经经历了眼下的一切
尘土凝结，海水退尽
大陆生成
一些鱼我曾在石头里见过
变化成飞鸟，打空中跌落
冬夜紧接着另一种死亡
光被筛选，在蝉翼之下
细小的光斑混杂暗影
面对无法照彻的黑铁

白天我在阴翳之中，背后是
墙，面前一片耀眼的盛夏
街对面，木头长椅被太阳抽打
油漆剥落，枝条开裂
像烂入骨髓的一头豹子
我知道我难以定义生命，寂寞
也一样。木头经历的其实更多
它们将再次进入死亡
被时间的刀斧砍伐得更碎

（1986）

砍瓜切菜

我这样安度眼前的一天
把清水盛满
看汽车鲜红，鲜红地爬上了
防波石堤

一整天我不去动那些簿册
钢笔，橡皮
昨天写到一半的诗

我让它们在海光里度日
在寂静里生长成
歌唱的树

我砍瓜切菜，等黑暗落下
几只水鸟会飞得更低

它们比岸上的汽车更稳
更快地从一片灯影里穿过

（1986）

风和银

平底船，骑上鱼背
风和银
映满了绿窗

那精美乏味的意象派之诗
像这个黄昏
像这个黄昏的
一场电影

女演员。灯笼裤。风和银

当有人斜穿广场
到临湖的博物馆二楼
那松花笺轻薄
正翻到这一页

（1986）

夏日之光

光也是一种生长的植物，被雨浇淋
入夜后开放成
我们的梦境

光也像每一棵芬芳的树，将风收敛
让我们在它的余荫里
成眠

今晚我说的是夏日之光
雨已经平静
窗上有一盆新鲜的石竹

有低声的话语，和几个看完球赛的姑娘
屋宇之下
她们把双手伸进了夏天

她们去抚弄喧响的光，像抚弄枝叶
或者把花朵
安放在枕边

她们的躯体也像是光，润滑而黝黑
在盛夏的寂静里把我们

吸引

（1986）

鹳鸟

我把一盏灯高举过树冠
灯光寂寞，大石头悲恸
谁在河上浸洗着衣衫
沉闷地敲打

冬天远在千里之外
我的灯平稳，锋利
如刀片，寒冷如河底
蓝色的鱼。我听见了
风吹鹳鸟的声音

风吹鹳鸟，又一次
石头的眼泪坚硬而粗糙
鹳鸟穿透平静的初月
向灯聚拢
自一片喧响的星辰而来
鹳鸟招展，落下
如去年的雪
自大石头悲恸的寂寞而来

它将栖息。我的灯收缩
夜露似乎打湿了亮光

鹳鸟传递黑暗的话语
摇晃如玉簪花，如手中
孤灯𫅺晦地开放
它的翎羽比初月更白
它在风中谈论着什么

举灯映照
我的四肢已经僵硬

（1986）

一路走来

一路走来，我划开沉静
我听着雁声飞渡白昼
雁声远来，落入深井
深井枯涸已经有多年

芦苇在对岸纷扬如雪
有人把鲴鱼放进了水槽
石头水槽，鲴鱼折还
鳞片闪闪像正午寂然

我伸手过去，划开了沉静
平底船就像喑哑的琴
雁的叫喊，光浮出水面
返回可能更接近幸福

（1986）

传灯

黄昏已成幽暝，歌唱进入
生命。我们有令飞鸟
吃惊的白昼，就一定有
让星光照彻板壁的夜
声音在枝叶间构成梦境
打开黑暗之门的梦境
歌唱进入记忆的梦境

那时候他同样描绘梦境
八月到来，赤杨树上涨
城市如一匹新生的马儿
街巷铺石耸动热空气
他涉水而过
　　　　　融昭于黑暗
他见过杀声古怪地升起

那时候歌唱也进入生命
他一再涉水，一再融昭
让死亡开放平凡的花朵
他有被时间磨砺的语言
也同样有，汇聚成亮光的
蓝色记忆。俯身向下

梦境里他把灯传递给我们

（1986）

偶然说起

老式汽车的乌鸦姿态，老式人物的
圆形眼镜
　　　　电文，纸，黄铜钥匙
几本旧书脊背烫金，细小的字句

描绘月亮。铁桥伸展，在更早的年代
我努力猜测水流的方向
江堤之上，我开始了秋天的
另一种触摸：细沙的腰肢
玉簪花之乳，锁眼正被我慢慢打开

我生于荒凉的一九六一。我见过梦境
在水面徐行。我偶然说起
我细察记忆和感情的纹理

（1986）

秋天说梦

坐在窗畔难以感知河流的存在
黄昏渐暗,雨落在树上
埋头于书本难以感知
秋天的到来

一匹奔马从时间驰开
夜晚的城市又变得干燥
影子重重叠叠
车灯闪闪烁烁
月光留连于花园

我被同一本旧书吸引
每夜都梦见相似的面容
她的嘴唇像她的鲜血夹竹桃开放
夹竹桃俯首在一堵墙下
像她的鲜血
我每夜梦见她的厅堂
夹竹桃凋落
坐在窗畔看时间留连
难以感知河流的存在

(1986)

在一条街上

从早到晚，雨燕的身姿不断伸展
翅膀张开像江上的铁桥
从一条街到另外一条街

从一条街到另外一条街
我走过坡道，拐向堤坝
每一片风景都同样陌生
他们穿着红色的衬衫
到高墙之下低语、沉默

黑河，旧船坞，沉默的声音和
古老的声音。现在我走进
第三百条街
出轨的废车厢在它的尽头
我拍拍双手，看黄昏转暗
在锈蚀的车头跟秋天之间
我知道一切都想要歌唱

(1986)

黑暗之家

秋光深处是一座仓库
黝黑的河流
沉船已成鱼群的家
寂寞尘封的长窗以外
秋天的人们在桥上停留

仓库已经只剩下空旷
比河上的风景还要空旷
我拍打墙壁，击掌高叫
蝙蝠像灰尘从回音里掉落

黝黑的河流切开都市
两岸的光芒形成了黄昏
我穿越陋巷，迷失进仓库
那些鱼群逆流折回
进入的也会是同样的黑暗

（1986）

姓名

新鲜的三角洲形成于风中
寂静之旗猎猎而过
我记忆之中的姓名
我喉舌之上的姓名
它如同晨雾里坚挺的大鸟,飞翔
划破,像新鲜的三角洲形成于风中

这样的姓名被我刻画,在岩石之手和
庭院深处。这样的姓名被写在水上
流沙上,在梦幻之狐的细腰一侧

我被这秋天的旗帜包围
往昔之树的余荫深沉
我翻看诗篇,细读佳句
最后的果实液汁饱满。我独处一室
或推门看山。我听见有谁在喊我的姓名

(1986)

更早的诗人们

伸手可及的地方，是音乐
他们的膝盖都变成了石头
粗糙，坚硬
而一场雨明亮如一场大火

当雨熄灭，两边的落叶
如伸手可及的黄金庙宇
更早的诗人们趺坐其中
像秋天的光
在临水塔楼下静静停泊

更早的诗人们醉心棋艺
用心厮杀，在伸手可及的
白天和黑夜。他们的膝盖
如石头波浪，翻卷起来
拍打秋天雨后的街景

更早的诗人们俯身向下
黑暗也一样伸手可及

(1986)

秋雨夜过墓地

一个下雨的夜晚
一座蓝色的庭院
一间阴翳的厅堂

汽车的声音缓缓而去
说话的声音
刚刚熄灭的音乐

我经过你们。我坐在
秋天的大客车前座
我的诗跟四周一样沉静

那些脸似乎在黑暗里飘浮
我见过的死者，我听说过的
死者，他们在空旷的尽头会面
哑然失笑，谈论着各自奇异的生活

有一天我也将被雨浇淋，穿过庭院
摸索上楼梯。我推门进入厅堂的时候
说话声戛然，音乐凝冻，弗朗茨
卡夫卡伸手过来，想不起是否曾跟我相识

（1986）

冬天临近

汽车越过山巅，融化进空无
就像人们常说的那样
司机的双眼凹陷，两盏小灯在隧道里跳荡

我们被黑暗挤压的身体开始放松
我们已度过了一个冬天
回头再看，山的阴影仍然在伸展

这首诗并不到此为止，另外的冬天
又已经临近。我坐在江边
看深秋的鸥鸟。我的手触摸过生命的胎记

这就像人们常说的那样，树停住脚步
山也会等待，风，流水，越来越黑暗的
年纪，它们都面临
同一个冬天，死亡和胎记在相互追逐

（1986）

第一场雪

砌成白色的石头堤坝
它曾经是月光的墙
我的窗框已经充满
我的愿望在更远的街上

当我起身，出门
走过灰色的工商银行
第一场冬雪就已经落下

山翠绿得像一架鸣响的
古筝，被骄阳映照
这是很久以前的事了

现在这堵墙被汽车遮挡。墙的
背后，鸥鸟因寒冷贴水飞行
汽笛在乱雪弥漫里鸣响

同样久远的事情在发生
我站在银行的玻璃门外
看不到堤坝，却想起了一个

北国的女儿

她背靠冬天的一大片晴空
胸前明晃晃，对海峡赤裸

（1986）

买回一本有关六朝文人的书

从城市坡道上步行回家
我的手触摸到松树树梢
在寒冷的夜晚树梢会
弯曲，成为黑暗
让星辰照耀

不必俯身，我可以看清楚石头的居所
河流在暗影里像一柄斧子

我经过天文台的半圆形山丘
迎面进入了冬天的太阳
嵇康的飞翔之态
左思对刺客的吟咏
他们的悲凉远胜于我

澄澈的中午也看见星辰
人死了多年
水依旧明亮

（1986）

背景

以一种愿望为背景
在一个辽远空阔的日子
那想要移居的上了路
那想要移居的会有所见识
海被暮钟推向无限
先知的眼眶
镶嵌两枚细致的玄武石

以一种思索为背景
那想要移居的上了路
一管由象牙做成的短笛
像一条可以导航的鱼
用声音的鳞片反映时间
年老的智者伫足集市
在出售忍冬的那个街角
默诵纪元前先知的话语

以一种记忆为背景
在海光自玉米地上升的日子
那想要移居的上了路
细小的音乐滑过水面
像太阳的阴影

飞渡一重又一重大海
把黄金带给了另半个橘子
而嘴唇开启的花园里
这时正好有一株菩提
有一个导师
在露水的石凳上直坐到天明

(1987)

醒来

多少个夏天过去以后
记忆要收缩。我从南方的
星下醒来，要再次倾听
石头网罗捕物的声音

树的亮光要重新喧响，穿过
弯曲成圆的走廊，为死亡提供
又一个反证。水鸟翻越大麦的高坡
要栖于同一片因枝条柔韧而翻卷的海

多少个秋天到来的时候，落帆的太阳
要沉入梦境，当细沙把月下的
窗棂淹埋，我走出露水和
睡眠的庭院，要去看一尾逃脱的鱼

（1987）

北方

北方的孤城把黄昏守望
一座白而寂寞的旅馆
一条树影延伸的街
和容纳了九颗月亮的车站
那高飞于大石头之上的雨燕
左侧的灰眼睛能看得更远
在被风拨开的亮光底下
悲恸的大海拍打着陆地

跟鸟儿滑翔的方向相反
有一次慢车经过了我们
车厢里昏暗
没有人,旧式收音机
在播放舞曲
这次车去一个更北的终点
它的笛鸣
让我们要凭窗远眺它多年

我们用更多的时间看海
从夏季的最后一夜
散步进秋天
反复念诵着同一段祝祷

我们有那么多晦暗的想法
为什么就不能有
清澈地刻画出风景的音乐
和沉默之后的几句低语

（1987）

俯身

昔日的阴影覆盖着，在八月的北方
我俯身察看翻倒的枯树，听见一只鸟
自天廷最高处为生命歌唱

用去了整整一个下午，我走出城门，穿过
吮吸太阳奶汁的花园，云影之下的
大开阔地，和两山之间矮小的凉棚
我俯身察看翻倒的枯树
它横陈于干涸的河床里，如同一根牛的胫骨

是谁曾经歌唱过它？在夏季的一场豪雨之后
声音跟鸟儿一样嘶哑
是谁曾经经过了这里？走上石头的防波堤坝
把最旺盛的生命，赋予绿海中新生的枝条

而昔日的阴影覆盖着
在八月的北方
叶脉奔走的每一声喧哗都提醒我
我裂开的嘴唇粘满砂粒
我俯身察看翻倒的枯树

(1987)

黎明

鹳鸟在更高的地方筑巢
兀立，把黄昏俯瞰，并且等待
一颗星落下

黎明到来时
年轻的鹳鸟在更高的地方
伸展自己，进行纯正庄严的交配

而它们栖息的树枝底下
那淡青的海岬
把玻璃塔楼的细小阴影传递给水藻
同时放送最早的哨兵
一只双眼凹陷的幼鹰
和日出以前的几声钟响

就这样一个歌手醒来
一个歌手吟唱
当黎明像一只明亮的柑橘被夜色掰开
一个歌手会发现
无言的夏季已进入血液

（1987）

风景

音乐被用来描绘风景。我们的汽车
急驰、跳跃
（正当夏季如一株绿草）
我们在明净的上午倾听，回看，沉默
并用手指点，一匹灰色的小公马
在北方牧场的云影里打滚

露滴朝向太阳的树枝连成了一片
向海伸展，又阻隔海
我们能看见蓝色的反光浮现空中
澄澈，耀眼，令乡村的大海在声音里升华
我们的汽车拐向山口，通过一条河
驰进了更加寂静的阴影

（1987）

诗歌

意义抽取玻璃，在石头和雪的季节
那容易破碎的明亮成分汇聚在一起
从一只手传向另一只手。它变得圆润
凛冽，一点点发烫，如冬天的太阳
在我们街口，如钟声里到来了
一个僧侣，穿过门廊，默诵着祷文

盛夏的诗歌是另一回事，另一颗太阳
任我们畅饮的另一个白昼。当我们进入
看见；当我们泪下如雨或高声赞叹
我们面前的阴影竖起，风成为狂暴
鱼群和水光要同时退缩，而一个章句
通体辉煌，在厅堂的大理石拱顶显现

并且她突然向我们微笑，如一片玄鸟
奏鸣的海。我们将因她而居于室内
趺坐在树下，触摸盛水的水晶杯盏
我们将因她而有一盏灯，有安宁和温暖
有意志的黄金，爱的旗帜，声音构筑的
屋宇和天穹。当我们走到旷野最中心

世界旋转，我们又重新降生在风中

(1987)

古瓮(一)

有一只陶罐在两重大海以外的院落里
那儿黄昏临近，飞鸟落下，尾部椭圆的
帆船回还。白昼晴朗的神话时代已告结束

只是在黑底的图案上
头盔耀眼的英雄才永存，手把酒浆和
狮子金盾，身披蛇形花纹的战袍

有一只陶罐在两重大海以外的院落里
那儿太阳沉沦，被世界捡起
梦醒的众鸟重组歌队，围绕同一树昨夜星光

(1988)

古瓮(二)

梦给了生命双倍的时间
而一行诗,也把永恒与偶然连接
他们白色的形象出现

在双耳酒杯漆黑的釉上
有如星宿,在透彻的夜空

他们聚会于同一个夜晚,空气颤栗
槐花繁盛,月光清明的胸饰后面
跳动着金属响亮的心

他们聚会,在人的梦之上。他们也会用
凡俗的目光,看一头骡子走进大雾

(1988)

防波石堤

六七只水鸟聚于冰上。浮冰
解冻的一季。沿着堤坝有几堆营火
火畔一个人
　　　　　读他的典籍
以时日起誓,以黎明起誓

渡河的契机就在眼前。他听见
更多的鸟儿随风潜入,盘旋,舞蹈
栖落,像到来的花瓣
依据火焰抵抗着残冬
火畔一个人,读他的典籍

以时日起誓,以黎明起誓
一个人攀上防波石堤。他注目词语,榉树
闪长岩的指向和水鸟暗示的彼岸的灯
他以手试水,以愿望先导
以一切数目起誓,以消逝的黑夜起誓

(1989)

懊悔于恨

青年出家人夜半到达
觉悟的诗，本然之河
唯一的水流供养着月亮

青年出家人推门入寺
战后。初春。银色的
雾汽上升到树冠

尘埃被拒，明灯初照
青年出家人风中缄默
一领僧袍，要迎他入内

晨钟接暮鼓缓慢又激越
收回季节四散的声音
青年出家人挥帚扫洒

用一把快刀砍瓜切菜
当白腰雨燕们聚于堂上
他仿佛躲避了自身的风雨

他真的躲避了自身的风雨
战后。初春。河以及诗

青年出家人一隅侧立

白内障师父，废弃之书
青年出家人懊悔于恨
一领僧袍，要由他传承

（1989）

诗人春起吟咏

火焰向上的杜鹃正红，盐粒开始溶于河水
马车夫的小女儿，估衣商的小女儿
她们拐向诗篇和我

幻想的诗篇上升的火焰
太阳照耀和遗弃的女儿，她率领五月
拐向了我，她唤起明黄和金黄的葵花

母亲的市镇门户大开
母亲的窗口灯光在收缩
我凭着激情幽闭于中心，我看见他们

在我的河上
　　　　　黑色的洪钟跟随落日
命令赤裸的姑娘们出浴。鹳鸟飞过

石头城垛，腰肢柔韧的诗神上升
腰肢柔韧的诗神又抚慰
琴声扩展茫茫黑夜

琴声扩展黎明和清晨，我的激情
凝结于幽闭。诗篇燃烧上午的

宁静，母亲的市镇

门户大开

管风琴师的小女儿，河流春天风景的新娘

她们拐向太阳和我，她们银色的火焰在歌唱

(1989)

铁桥

皮包骨头的一夜已流逝。沿着黑河
鳟鱼露出彩色的鳞
水草。尾翼。开花的乳房
那细瘦的人儿歌唱过

那细瘦的人儿歌唱过，骑车飞掠
　　　　　或伫足凝望
细瘦的人儿呕心沥血
变成了风景多余的部分

变成了风景多余的部分，细瘦的人儿
　　　　　铁桥上迷失
鳟鱼隐藏词语的梦境
黑河爱上了诗篇的光

黑河爱上了诗篇的光，开花的乳房
　　　　　黄昏里重现
星宿合唱团汇聚于铁桥
那细瘦的人儿又得以返回

那细瘦的人儿又得以返回
以手触摸，用嘴亲吻

开花的乳房铁桥上狂奔
皮包骨头的一夜已流逝

（1989）

码头

码头空旷的又一个黄昏
什么样的落日平息了声音
什么样的鸥鸟向你祝愿
写在天上的青铜,舞蹈食盐和词

他会在另一座码头守望
另外的鸥鸟围拢相思
钻石刻画内心的翅膀,在镀银的
日子,传递谁的渴望或拒绝

红色巨轮夜半变色
再次驰离抒情的青春
码头空旷的又一场魔术
什么样的月光映照着你

什么样的恋爱化作春梦
精卫发辫粗大,桌布上面包
打开。他会在另外的早晨看到
什么样的女朋友随太阳上升

(1989)

部落

蓝色恐龙的一季已结束
翼龙飞翔的黄昏在蔓延
黑夜粗砺，植物丰硕
说话的鱼群一天天进化

幸存的潜入最绿的湖底
躲避直升飞机的光芒
乳汁充盈的妇女和橡胶
喂养各自的儿子、情人

以及瞭望和斋戒的酋长
用花环装饰阴茎的少年
他有权听懂史前话语
他有权下湖，访问和祝愿

完美的肩胛朝向二月
完美的仪仗队引导众鸟
蓝色恐龙的一季已结束
幸存的蛇颈龙

　　　　　　在最绿的
湖底等待着死

这时候春风吹遍了部落
族胞们知道，谁会来领唱

（1989）

木匠

歇息时我坐下来卷烟
院落浮阳，栀子花肥艳
直尺边上光滑着木板
鸟儿争鸣，在上午十点

雇主的堂客客堂里搓澡
水汽弥蒙窗户，腰窝和双奶
生辉。墙头上指针迟延、催促
我的手边，有称心的斧锯

在上午十点，鸟儿聚拢
院落里白胶水散布异香
我那小儿子却在乡下
从谷仓出来，正走进亮光

而我闻到了刺鼻的爽身粉
正当我做好春日的镜架
我那小儿子却在乡下，拿一块
玻璃，映照另一个出浴的人

（1989）

废园

风暴到来以前，店铺关门的黄昏
追悔的心情像这座废园
寂寞的女子临窗远眺
她知道那个人
已骑驴进入雨中的剑门

每个夜晚有一次期待。鹰的栖息
瘦小的街景和雷霆之怒
春天的女子在暗影深处
她手边一封信
泛黄了灯光

这时候一匹马突围又突围，有如
羽箭，从驿站向下一个驿站
飞射——它想要击中那
缟素的心——在黄昏过后
被传递的词章已扩散开来

她甚至分辨了最弱的音节，这
废园的耳朵，这废园的相思
她唱和的笔端伴以残酒
她知道那个人在同样的灯下

在倾听同样的风暴灌满

（1989）

金顶

雪山最为宁静的高处
那被人称作天堂的集市
花朵是火焰的阴唇和嘴唇
沉思默想的菩提已充满
谁的手一翻，手指轻弹
智慧的微笑在春天被领悟

出门的黄金眼睑的女儿
顺着坡道接近了正午
她驻足、侧耳，她听懂了
太阳无声的训诫
身影收缩成圆满的一轮
她周围的雪山生长、凋谢
银色的屋顶。飞鸟。光

花朵是火焰的阴唇和嘴唇
蜥蜴们等待炼金的夏季
雪山最为宁静的高处
天堂的女儿到达了正午
那作为背景的钟声传诵
那作为文字的苍鹰长鸣
谁的心安详、洞明

并为她打开了第一扇门

（1989）

Ⅱ　七十二首

（1990—1999）

病中

病中一座花园，香樟高于古柏
忧郁的护士仿佛天鹅
从水到桥，从浓荫到禁药
在午睡的氛围里梦见了飞翔
——那滞留的太阳
已经为八月安排下大雨

一个重要的老人呻吟
惊动指甲鲜红的情人：抚慰
清洗、扪弄和注射
他陈旧的眼眶滚出泪水
抵挡玫瑰和金钱的疼痛

隔开廊道，你身凭长窗
你低俯这医院里酷暑的风景
阴云四合，池鱼们上升
得病的妇女等待着浇淋
正当你视线自花园移开
第一滴雨
落进了第一个死者的掌心

（1990）

在黑暗里

你听到有谁在黑暗里苏醒
你看到梦想河源者
逆行于大水
在黑暗里，一枝火把扩展幻象
一个人为一种精神殉葬

那变形的女儿穿透白蜡
降临于纸和孤身的烈火
她新生的肉翅护卫诱惑
她裂碎玻璃的第七重音乐
向年轻的返回者
打开了最后的核心之门

你听到有谁在黑暗里苏醒
你看到梦想河源者
出身于死地
在黑暗里，一只手探入隐秘的泉眼
一个人为一种幸福殉葬

你立于深秋，你获得了一样的
爱情和失败
在黑暗里，你知道有谁完成了深入

那伟大的夸父闯进太阳
用意志的渴意
换取众树的荫阴和高歌

（1990）

在秋天

在秋天，废弃的庭院一天天腐败
忧虑和恐惧变得必要
在秋天，一个人枯守直到黄昏
掌灯、对酒
沉沦中等待确实的消息

西窗被风击落，众鸟倦于啼鸣
一个人独倚颓废的墙
在秋天，书籍泛黄暗藏玫瑰
死者的舌尖开放出记忆

红漆剥落
　　　　蛀木虫深入
一颗星初照残酒和灯
在秋天，邮差传递老年的谎言
一个人读一封过时的信

纷扬的蝴蝶追随又围绕
忧虑和恐惧变得必要
在秋天，你经历这黯淡晦涩的梦
如单薄的飞蛾抵达了火焰

(1990)

飞翔

飞鸟毁于高度，体系错乱幻想
一根桅杆被风删除
婚礼乐队飘过了天际

在医院里，护士长率领燕子旋舞
拐进空悬黎明的手术间
当你从七号加床醒来
血液依旧持续着梦

近海，狮子出入阳光码头
港务长到平台早餐
他珍爱的独生女
已经裹挟进上升的信号旗

——你拉着她轻掠
纵越花园最高的树梢
药味弥散的蓝色雾气
在喜悦之下

一扇窗打开——那扇窗
打开！吹口哨的星座
把梯子伸进你白昼的病房

(1990)

动物园的黄昏

一天的照耀移进云影
——云影啊，在它中心
有一个季节正要收场
动物带血的黄昏已扩散
那孤心，那妄想
那事物的白金戒指已脱落

最后的光芒透出环中
刺伤鬣狗的玻璃瞳仁
深草之间，菩提树下
鬣狗高踞像一位领袖
这畜牲洞察到来的夜
以及色欲、死亡的欢宴

末日之星由谁高举
你看见她，隐身于群禽的
灵魂一点，趋近无辜
灿烂的肉体——
那象征的白金戒指已脱落
云影的女儿，又领受天鹅

(1990)

巴赫之上

巴赫之上，管风琴升空
六扇翅膀的圣咏歌回旋
水晶穹隆赞美中打开
太阳，旋转着
牵引礼拜天正午的星辰

音乐的白银翕拢大地
蔚蓝植物浓郁的风前
合唱队应和素馨的姐妹
她穿过拱门，扪心感叹
曲终静穆沉思于幸福

(1990)

金帆

从星座走廊玲珑的拐角
洒下一场雨
从知更鸟黯淡的嗓音圆环
更加细小的雨丝飘落

七重火焰照耀七重天
死囚们探出
石头堡垒幽深的望孔

而从另一个方向的梦境
永生升起了雨中的金帆

（1990）

冬日外滩读罢神曲

喷泉静止，火焰正
上升。冬天的太阳到达了顶端
冬天的太阳公正浩荡
照彻、充满，如虚构的信仰
它的光徐行在中午的水面

在中午的岸上，你合拢诗篇
你苏醒的眼睛
看到了水鸟迷失的姿态
那白色的一群掠过铁桥
投身于玻璃反光的境界

排遣愁绪的游人经过
涌向喷泉和开阔的街口
他们把照相机高举过顶
他们要留存
　　　　　最后的幻影

钻石引导，火焰正
上升。赞歌持续俾特丽采
在中午的岸上你合拢诗篇
你疲倦的眼睛

又看见一个下降的冬夜

（1990）

旧地(古鸡鸣寺)

暗夜掠过了冬天的风景
僧侣之家。渡江的细雪
树和天空追随着亮光

*

飞鸟的影子残留井底。晨钟孤单
一样的鸡鸣
时间之书一页页散落

*

我重临这空阔久远的旧地
见一个导师
停止了布诵

(1990)

低音

寂静是过分宽泛的声音，就像下午
过分宽泛的话题被继续
这南方旅馆的大客厅里，一株巨树
破空而出，让我们在它冠盖下指点

跟植物对应，大海柔蔓的枝条在生长
摇曳又歌唱，抖落了片片花瓣和镜子
它的光影响我们的辞语，它偶然聚拢的
盐和氧气，影响按时降落的太阳

而灯盏提醒我们，利用舰船把黄昏运送
我们所谈及的因此要陈旧
钟声催促僧侣们晚祷
新一代女神——在维护寂静

(1990)

信

这不是护佑意愿的城市
这不是你所料想的黄昏。最后一颗星
并没有升向塔楼上空
从那个锈蚀的尖顶看下去
浅草铺展到水线,姑娘们裸身入浴
高大对称的竖琴被弹奏
孔雀蓝之海,落日一刀刀
刻画波纹

你拿着一封信和一卷诗章
走进曾是教堂的邮局。彩绘玻璃
透进霞光,点亮你手上奇异的
词语,并让穹顶上
年深月久的青铜洪钟绽放出音乐
这就跟诗行所说的一样
——你挑选邮票
那是比弹琴重要的事

(1990)

夜曲

星移斗转的南方之夜
倾斜的大地上
有谁的居所？沟渠纵行穿城
月轮被风削弱
高悬在女性和稻米之上的
缓慢的钟，引导谁默诵
祝愿、移灯到水中？唤几个
僧侣，去廊下入晚禅

是谁的提琴左岸微颤？宿鸟们
重新振翅和啼鸣
你想要忆念的不仅一瞬
你能够奉献的
也远不止一生。星移斗转的
南方之夜，急泻的江流等不及
季候，就像它归于繁忙的大海
夜曲又汇入了谁的血液

（1990）

南方

来自记忆内部的女神
高举一枝东方蓝火焰
血肉俱全的黎明升起
遮蔽长星，开放出大花

这不是北国雪后的黎明
不曾被粗犷的牧马人歌唱
它的琴奏出爱情、音乐
在大海和稻米间完成仪式

黎明注定着行吟诗人
走进涨潮的枫杨树林
一大片海光反照天堂
裸露的女神把生命孕育

蓝火焰添加心中的阴影
就像枫杨，证明了太阳
行吟诗人醒悟于曙色
为黎明拨弦，听女神尖叫

直到真理被生养下来

（1990）

流转

仿佛诗歌梦中的蝙蝠
夜里会有人飞越拱桥
他逆于水和白昼的方向
回到黄昏，更远的记忆
栖息于正午乡村的祠堂

他逆向造化推移的行星
河岸被托举，面朝太阳
众树为冷风歌唱冬天
而一个姑娘甜蜜地期待
夏季将注入开放的子宫

夏季被他的翅膀拂掠
黎明的钟声催人劳作
在颓废祠堂背阴的一面
石头防波堤抗拒着大海
以及那海怪，那镜子和葬礼
黑夜的修道者走出石灰门

最后的小火车经过铁桥
自秋徂春，一样地回溯
进入又一个相反的夜

“青春短暂如一次性交”
而飞越的人，他无视所见
仿佛诗歌梦中的蝙蝠

(1990)

小诗

明亮的方面，一个人
播种。他要唤起的
来自秋天

白昼升往高处
青春冷于胸间
一个人收获光辉的向日葵

他大草帽下火红的脸
忧郁里绽开
植物天堂

(1990)

星期六之诗

长河入海的星期六上午众星掩映
芬芳的天空，银杏树伸展
孤高和寂静以火焰为辞
造化把意志从土中拔出
马群充满大气，塑造的双手显形

生命环绕新一轮太阳，飞旋里长出
翅膀和啼鸣。十二种星相
交相布诵，在星期六上午
在南方大陆架：燕子的光荣被唤作
阴影，啁啾第一个赤裸的来者

(1990)

赞美诗

玫瑰从玫瑰醒来。两种光芒重叠的
黎明。翡翠鸟。凤尾竹
翼翅张开的琵琶鱼之鹰

血肉正顺流而下
爱抚柔蔓的水草。少年。星期天

笛音之中
生命进入了第九个月份

处女星高悬！当白昼之光隐藏了
良夜，她一样照耀
让地上的植物们应和、盛开

果实在南风里一天天饱满
石榴。波箩蜜

菩提腋下赤裸的孕育者
用灵魂去问候体内另一个

（1990）

失眠者和另一首诗

需要另一首诗，才能用火把
熄灭海水
需要另一首诗
才能让黎明返回大梦，才能令老虎
重新退身于石榴和胡桃树

而现在，一个失眠者
错过了青春，如同一匹马错过骑手
太阳的轴线贯穿物质
那白昼的旧乐器
等待另外的弹拨和抚弄

（1990）

航线

（为骆一禾）

大海倾侧
航线平分了南方的太阳
诗歌把容颜朝向记忆
这水分较多的一半，是闪电
钻石，野马和火焰
以及那大鱼，在跳跃中扩展的
暗藏的集市。而深陷的海盆
海盆在旋转中靠一盏塔楼
牵引着船头

*

时光要念诵他的辞章
大海倾侧，当某个正午
偏离自身和更高的准则
方向又被那精神规定
他排演历程于最后的海域
将一派大水
注入冲突的戏剧和银器

*

白昼被洗得锃亮，命令一艘船
甚至行驶在它的反面
大海倾侧，内心的航线贯穿了每个
完整的时日：他想要说出的
远不止这些，但转瞬之间
频繁到来的素馨被裁开
那另外一半
在深厚的墨绿中重复声音初始的细致

*

那么就让他继续歌唱。在共同的航线上
一枚翡翠的头脑正显现
自天廷穷尽处水晶的顶端
广播语言和真理的金叉。大海倾侧
大海倾侧
就让他继续歌唱人类
而造化布置的星辰和鸟群
投射飞翔的十字于海盆
那喑哑的太阳
平分了大海和它的繁华

（1990）

仿佛攀上高音的轮唱

1

万千草木纵队，大生命之血
将它们焚烧。升腾起
最为热烈的形象和姓名
那总结了钻石和青春的星座

要献给你
这些以玫瑰为辞的玫瑰赞美诗
要献给你
这出自不同激情的火焰

歌者失眠于更多荒芜，他将独自
走遍大地。要献给你
他经历的每一寸灵魂的进步
他苦难的一生构成的喜剧

2

迎接我，又一天黄昏和它的霞光
当我自伟大梦境的旅途还乡
迎接我，让我又听到

纷扬的银杏热烈地歌唱

纤细的木年轮令我忆及蓝色的盐场
同样纹理，代表海域正午的波浪
鲭鱼在注定的时刻到来，鲭鱼的
孕育，对应于群星跳跃的诗章

我看见一个人行走在水上
我看见一个人被伟大梦境的落日照亮
而大海更加丰腴的腹地

花园裸露最后的金黄
歌唱的银杏，又一天黄昏和它的霞光
迎接我以及幻想的归来

(1990)

生活

春风度送燕子，低飞于银行的另一重天
宽大半球的金色穹隆
盗火受难的喜剧形象又被勾勒

巨型玻璃灯沾染石灰，斜挂
或直泻，比白昼更亮的光焰把身影
放大到青铜的长窗之上

翅膀——剪刀
被裁开的日子里办事员专注于数字和表格
并没有察觉，燕尾服左胸一滴鸟粪

毁坏了仪容。在春风下
妄想的前程维持生活
而一次飞翔就要结束

（1990）

春天纪事

隔山西沉的太阳又能够
点亮这景色。被打开和提升

热空气鼓荡的降落伞之上
一架飞机返回了暗夜

大风牵扯你向北
飘过弯曲的钟楼

简单的足球场同学少年追逐着
爱情，没入叫不出名字的树林

更接近目的
在你要着落的春之黄昏

河流镜面上机器驳船放声歌唱
乡村的父亲无所事事

（1990）

串珠

五月以白银为质地
钟表控制着喷泉
动物园放低的栏下
孔雀拒绝开屏

一双手拉开帷幕
一颗星刺破了白昼
当树冠宴席初开
你听到冰块在爆裂

你看到两个少女
黄金眼睑的少女
她们的木头串珠
在腕上呼应清风

有人要为之歌唱
而你将归于沉默
这根线由谁打结
语言会自行完成

（1990）

喷泉

喷泉是盛夏和往昔
要为你重现光荣
仿佛早年遗失了曲谱
在一场梦中
失明的吹弹者终将它奏鸣
无限钻石升起黑暗

沉醉的低音到达锋刃
割开八月白银的眼帘
这喷泉出入乐器和回想
激射女性，循环交响
有如诗章
歌唱的方式异于诵读

弓弦反复
　　　　耳朵在继续
热烈的大裸体欢快地沦丧
时间万有都付予流水
而一柱喷泉
它浪费光阴，丰收了声音

(1990)

诗三章

剑自火中飞去。一个人
落第还家
他破锦囊中更破的卷帙
他被霜打烂的痛心的好诗篇
乐器、旧梦、月亮和长指爪
沉沦覆没于鸡冠花丛

*

纸窗向着庭院。青桐哗然高歌
西海吹来的春风似乎已
折断了病骨。帆布床边
金色的梨子
　　　　　一封快信
寄来一个军团的败迹

*

哦年轻的腰
城下河床里色情的足踝
金钱豹翻卷皇家星图
发烫的阴茎栖止着蝴蝶

片片薄冰
正拂过女神古典的小腹

（1990）

第一夜

时间才是真正的谜底
被封入悠久的幻想之金罐
当一个形象在猜疑中兴起
啊神秘之夜，神秘的
第一夜！一杆钢叉
斜刺大熊星怀孕的身体

*

又有一艘船回不了绿海
又有一行诗因感光过度归于黑暗
无止境的时间
裸露大陆架初夏的小腹
在斜坡上
月之旅馆仿佛燕子临风的翅膀

*

忧郁症连接每一个白昼
午夜的闪光来自大鱼持续的银梦
岛屿。下弦月
波涛的耳朵一寸寸失聪

飞向死亡的命运之翼骨折了时间

*

黑暗筛选星光
有人在追悔幸福
又一次追悔
送信的鸟儿超过了涨潮慢一点的世纪

*

从一滴血扩展成一个时日
从一滴血扩展成
一个名字:生辰
迎接上岸的年轻守护神

*

是怎样的女英雄领受时间的精子火焰
是怎样的铭言
被铸上最初的诗之铁锚
一枝高标孤立
无辜的金马车入海
大裸体侧卧在朝向落日的新出海口

*

睡意被妄想偷袭,大梦已无力突围
开端是海平面唯一的裂痕
不可能的夜曲
背叛嗓子和乐器的声音
是海平面唯一的时间之裂痕

*

他单薄的阴影已经被看见
实体却仍然在想象的世界
在钢琴家试奏的不朽时间里
但他的阴影已经到来
被充满的风
被凹陷的眼窝
被分向两边的发中之寂静

(1990)

月亮

我的月亮荒凉而渺小
我的星期天堆满了书籍
我深陷在诸多不可能之中
并且我想到
时间和欲望的大海虚空
热烈的火焰难以持久

闪耀的夜晚
我怎样把信札传递给黎明
寂寞的字句倒映于镜面
仿佛蝙蝠
在归于大梦的黑暗里犹豫
仿佛旧唱片滑过了灯下朦胧的听力

运水卡车轻快地驰行
钢琴割开春天的禁令
我的日子落下尘土
我为你打开的乐谱第一面
燃烧的马匹流星多眩目

我的花园还没有选定
疯狂的植物混同于乐音

我幻想的景色和无辜的落日
我的月亮荒凉而渺小

闪耀的夜晚，我怎样把信札
传递给黎明
我深陷在失去了光泽的上海
在稀薄的爱情里
看见你一天天衰老的容颜

（1991）

春天

从城上醒来,我置身于春天
从城上最高的旗杆滑落
我穿越春天的金狮子集市

我看见尘土
　　　　　我看见灯笼
亮眼的未婚妻大海的裙裤
风中炫耀她
优美的大腿

金狮子映照夜里的马匹
口中吐出芒果和鹦鹉
那牵扯着它的碧绿的男神
一柄剑在手
在春天上空

在春天上空
城楼依然有黯淡的光芒
阴影指向短暂的中午
鸟儿在骚动
而果实已裂开
脱衣的未婚妻昏倒于旗下

我看见另外的诗人歌唱
我看见春风里庸俗的事物
金狮子腾起在飞灰之上
那牵扯着它的
碧绿的男神，一盏灯在手
在最亮的时刻

(1991)

A·R·阿蒙斯

——因此我说
我是埃兹拉——
当一个下午翻过刀锋
你翻过陌生的诗人阿蒙斯
又一次，你看到落日
它投身在万千窗玻璃之上
它是这世界
共同的形象

满城喧哗浮出了江面
一支浊流几乎能改变时间的向度——
因此我说我是埃兹拉
——从上海唯一的风景线向西
你再一次想起
这北卡罗莱纳提供的阿蒙斯
你读他的诗篇只不过五首

你继续从堤坝走向阴影
春天正催发
一树树桃花
每一朵火焰，每一副性器官
她们是万古长青的记忆

她们能辨认出
改变了面貌和嗓音和血液的同一颗灵魂
初月下巨大的孔雀正受难

因此我听到空中的呼喊
被风运送的姓名像箭镞
射穿了咽喉
——因此我说
我是埃兹拉——
当一粒太阳没入江心
一个人要跟你不期而遇

(1991)

一场雨

我的耳朵让我确信
我知道一场雨已经到来
我所记诵的每一段圣咏
给我以启示
　　　　　夏天！夏天
在它的极端一场雨落下
如同一个人获得了允诺

一场雨播撒光辉的女性
港口、酒浆、睡莲和
歌手，以及那乐队
以及那运动员
　　　　　　在正午街头
嘻笑着追逐淋湿的护士

一场雨发展黄昏的清澈
我的听力给我以诗篇
无奈的父亲放弃了女儿
在港务局长的凉廊之下
你的玻璃杯盛满雨水
折射江上的灯火和舰船

那喃喃低语的洁净的老太婆
那练习着钢琴的寂寞的少女
我还听到
一场雨抽打下班的邮差
而你已展读我热烈的长信

我知道此时你走到了雨中
开阔的码头正对着世界
夏天！夏天
我所记诵的每一段圣咏
也被你记诵
　　　　　我听到你赞叹
刺骨的爱情
而你的父亲在廊下多阴沉

（1991）

我在上海的失眠症深处

旧世纪。伪古典
一匹惊雷踏破了光
无限幽灵充沛着我
一个姑娘裸露着腰

爱奥尼柱间盛夏又涌现
季节的火炬点亮了雨
狂热洒向银行的金门
狂热中天意骤现于闪电

病中建筑的伪古典屹立
欲望持续,雕琢旧世纪
中午战舰疼痛里进港
迎风嘶鸣一面万国旗

无限幽灵充沛着我
一个姑娘裸露着腰
谁爱这死亡浇铸的剑
谁就在上海的失眠症深处

爱奥尼柱间盛夏又泯灭
一个姑娘裸露着腰

谁爱这死亡浇铸的剑
谁就在上海的失眠症深处

(1991)

七月

那蝙蝠又归于收缩的黑翅膀
那胡桃树又迎接
夏季的热风
夜里的喷泉胸中的新诗篇
而太阳如母鸡——
七月正是它最烫的蛋卵

七月里妄想的火炬上升
七月里万众晴天里欢庆
一个被镰刀收割的情人
她走上大街，她宽大白衫下
两只赤奶子是否等待你
爱抚的大雨

要么在已经废弃的工地
在大剧院无形的秘密化妆间
伴随食蚁兽你打开更多
一条生命在七月里熟透
是谁的锤子要把你击中

那蝙蝠倒挂于更深的乐池
那胡桃树兜满了火光和灰烬

而太阳如母鸡
当爱情喷泉在高压里循环
而太阳如母鸡——
七月正是它最烫的蛋卵

(1991)

圣女们

同一个夜晚，圣女们降临
通过铁塔和开阔的桥梁
通过废弃的电梯和旧码头
伴随闪电银质的鱼叉，圣女们
降临，分娩座头鲸忧郁的琵琶

这六月之夜是同一个夜晚
受惊的市长播撒黑暗
这六月之夜越过了火线
警察用鹰翅平分开星座

黎明的自行车涌出子宫
圣女们直到厅堂和太平洋
圣女们展开伟大的裸体
乘着座头鲸琵琶向深海

喷泉在中午点燃风景
受惊的市长演说着真理
警察的盘子盛满乳房
圣女们忧郁，在白色的

医院，她们的贡献被用于斗争

伴随闪电银质的鱼叉
伴随座头鲸琵琶的尖叫
鹰翅掠过，圣女们降临
牙齿紧咬星座早已规定的命运

（1991）

费劲的鸟儿在物质上空

费劲的鸟儿在物质上空
牵引上海迷雾的夜
海关大楼迟疑着钟点
指针刺杀的寂静滴下了
钱币和雨
一声汽笛放宽江面

铸铁雕花的大门紧闭
末流政治家披衣回家
那半圆丘覆盖的市政厅里
怪兽从走廊拐向厕所
严守幽深黑暗的孤独

一队机器船没入烟尘
小贩们渡过腐烂的河
银行华灯照亮的檐下
恋人浑身颤栗于拥抱
冷却的激情如过气啤酒

摩托飞驰闪电和剪刀
裁开的街巷合拢于铁石
夜行的里尔克横越江堤

他的脸在上海愈见苍白

（1991）

金雨

天堂的青春沦陷
爱情功败垂成
钢琴登陆舰掀起盖板
一支军队自码头飞升

一支军队化作金雨
把花园灌满，令虚无的塔尖
一次次怀孕……喧哗里
专政雷霆压出阵线
梦中以身体为节日的
姑娘们学习着醒来

——醒来
这地上的城市拒绝冷却
繁忙的爱情又漫过了堤坝
欲望高利贷伴随闪电
光芒要击穿神的处女膜

钢琴登陆舰掀起盖板
梦中以身体为节日的姑娘们
涌上了码头
一场金雨把季节洗劫

这地上的城市，微弱的幸福
却仍旧燃上虚无的塔尖
令阴影在花园更加泛滥

（1991）

十一月

在阴天下，上海显得更有生气
姣好的面容更加灿烂，巨型火焰
更接近黑暗，喧嚣，喧嚣
更好地代替了高处鸟儿破晓的啼鸣

工商银行深秋屹立，英雄们更显得
无中生有，那燃烧的，那燃烧的
阴天下奏鸣又垂死的吹奏者
从细小的源头直到海口
看见了水中上升的玻璃塔

我在街巷里迷失了我，想不起自己
究竟何物。十一月的上海更向往光荣
最后的塔尖上，夏天以阳光的方式
残存，一群雨燕更照耀人类

(1991)

但是，今天

但是，今天，钟楼俯身向下
波浪翻卷起武器
一本命书正好被读到合适的章节

我斜靠铁桥向西的一侧
迎风高飞的巨形伽蓝鸟失去了影子

鱼妖们迅速滑过江面，冬天的盛宴
在她们中间，那便秘的大祭司
以最高信仰行使着酒令

我斜靠着铁桥无所作为
明黄的电车迎面掠过。永恒的打钟人
已敲得疲惫，波浪翻卷起新的死亡

肿胀的飞艇停留江上，电视台转播
想象的奇迹。我斜靠着铁桥试图
发现，光的利斧砍开了风中块状的钟声

（1991）

回信

你躺在上海八月的渊底
红色计温器上升的箭头
此时已刺入
高天的皮肤

中午，没有风
前面街角电站超负荷
燃起了绿火
邻居们谈论七十年代

哪里有电扇？更不用说
空调！——在那些夏日
浸在井里的西瓜是幸福
放假的小女儿
坐进浴缸听收音机

你摘下
喑哑声音的老式墨镜
试着读一封女友的信

那边江上，一艘游艇被晒得
炫目。半裸的男人

关切最新的体育消息

(1992)

讽刺的性质

电视台的飞艇白昼的月亮
为少女提供多余的爱

有一对老人热死在各自的竹凉椅上，那女儿
还指望——再多领一回他俩菲薄的退休工资

沿大陆架向下，一座城被海掩盖了一百年
鲨鱼在市长的阳台栖居

北方，雪线后，一个朝廷正在复活
它甚至从来就不曾死去

百合花，木棉树
洁净的黎明中轻跳的山雀

还有
巴赫

它们可能是我要抒写的
它们满含讽刺的性质

(1992)

否定者

现身在糟糕的城市上空
夏天张开臂膀的你
要鸟瞰多少燃烧的街

一颗头颅低飞过去
两边的大火舔食着阴影
它不可能追上逃跑的思想
但它能证明，一具透明的躯体
来临

　　来临，现身
你将以怎样的手指拨弄
你将接纳吗？当沐恩堂
敲响晨祷的钟，几只鸟早操
绕着尖顶

　　　　你能接纳吗
当一个否定者火中出生
站到暂时还完好的墙上

那否定者，是蜜
和涂上蜜汁的细小的刺

那否定者，是刺带给咽喉的
那份尖锐，尖锐中一点疼痛的血

（1992）

新诗话

音乐之光收敛尽净
如今唯有
长途旅行者
猎艳在梦中

……“艺术家完蛋，
迷了路。”……
一列火车惊翻旱桥下
睡眠的宴席

——醒来，推开窗
赶往学校的孩子想不到
斜靠着注视他们的你
依旧在昨夜

庭院深井边
十年以来的分行习作
被装订成册
不成形的燕子穿梭其间

而月下印度洋
炎热的岛国

那总督诗人也突然惊醒
赤脚在他的书房踱步

(1992)

形式主义者爱箫

形式主义者爱箫的长度
对可能的音乐
并不倾心

他欣赏近于黄昏的暗色
他想要看到的
是刘海遮覆眉眼的初学者

手指纤细
在杆上起落

这就仿佛为梦而梦
他骑车到城下
经过那旧楼

猜想有人在暗夜的蝉声里
并没有点灯
让月亮入户

优美的双腿盘上竹床
涨潮的双乳
配合吹奏

(1992)

海神的一夜

这正是他们尽欢的一夜
海神蓝色的裸体被裹在
港口的雾中
在雾中，一艘船驶向月亮
马蹄踏碎了青瓦

正好是这样一夜，海神的马尾
拂掠，一支三叉戟不慎遗失
他们能听到
屋顶上一片汽笛翻滚
肉体要更深地埋进对方

当他们起身，唱着歌
掀开那床不眠的毛毯
雨雾仍装饰黎明的港口
海神，骑着马，想找回泄露他
夜生活无度的钢三叉戟

(1992)

纯洁性

一架推土机催开花朵
正当火车上坡
挑衅滂沱大雨的春天

我在你蝴蝶图谱的空白处
书写:纯洁性
我在你纹刺着大海的小腹上
书写:纯洁性
色情和盐

当窗外大雨滂沱
一架推土机弯下了腰
我在你失眠的眼睑上
书写:纯洁性
　　　纯洁性
火车正靠向你素馨的床沿

(1992)

八月

八月我经过政治琴房，听见有人
反复练习那高昂的一小节

直升飞机投下阴影
它大蜻蜓的上半身
从悬挂着鸟笼的屋檐探出

我已经走远，甚至出了城
我将跃上高一百尺的水泥大坝
我背后的风
仍旧送来高昂的一小节

郁金香双耳，幻想中一只走兽的双耳
鳞光闪闪的鲱鱼的双耳
则已经被弹奏的手指堵塞

八月，我坐到大坝上
能够远眺琴房的屋脊
那直升飞机几乎跟我的双眉
齐平：它是否会骑上
高昂的一小节
——这像是蜻蜓爱干的事

(1992)

青梅

时间只是在窗外运行
所有发生的
只是通过一个人的来信
被传达并歪曲

夏天盛大的运动会闪耀
而岛屿之间，一座迷宫沦陷进身体

梵文诗。玻璃杯
徒具形式的冥想之空壳

在屋子里，在轮椅上
这样的一生也完全可以是一个季节
也完全可以是
一个时辰，一道掠过额际的阴影

一颗
压在舌下的小小的青梅

（1992）

恶魔的诗歌已经来了吗

恶魔的诗歌已经来了吗?
独角兽残酷的形象正显现。
恶魔的诗歌已经来了吗?
在上海一幢构筑臆想的骷髅之塔里,
狐媚的发辫加长又一寸,
谁的手推开了彩绘玻璃窗?

谁的影子从顶层一直俯冲到花园?
以黑暗之刀,割裂黄昏里衰弱的喷泉。
荒芜间我听到懊悔之声,
又是谁不小心?
拔开了囚禁雷霆的胆瓶,
一线闪电划亮长出利齿的口腔。

恶魔的诗歌已经来了吗?
尘土积压的独角兽发出婴儿的啼鸣。
恶魔的诗歌已经来了吗?
幽闭症的女主人露出了阴门。
而颓废塔楼刺鼻的印度香要令她化蝶,
要么就眩晕,眩晕着倒向灵魂的春宫!

独角兽突破铁皮尖顶,

探身进上海的月之亏空。
恶魔的诗歌已经来了吗?
已经来了吗?
当我此夜从喷泉下经过,
当我仰起脸看见天象间复杂的节奏,
当我更试图采撷花园里有毒的火焰,
恶魔的诗歌已经来了吗?

蛛网纠结的楼梯拐角点亮着它的灯,
恶魔的诗歌已经来了吗?
早餐盘子摊放着发辫。
锁在那柜里的,
女主人的高潮正在平息,
女主人的独角兽飞快地上升。
恶魔的诗歌已经来了吗?
那懊悔之声,也重新来了吗?

(1993)

春天奏鸣曲

钢琴抚慰麻将激情
奔赴五月的验尸官醒来
午睡致死的卡通之梦
却还要继续

大海展现得突然
如猝不及防的一刺
如惊惧中溢出伤口的蔚蓝
锋刃反光，又剜去一颗心

他找到了春天毙命的铁证
他退居高岬危险的花园
下面，鱼背上
霓虹奇异地斜跨一小步

尸体就地腐烂
海东青折返俯冲
而在城里，顶楼平台
朝阳的魔镜里

风向左右新的牌局
——那琴键肋骨

那敲击的新激情
透不过气来
那充血的肺

（1993）

在船上

……叠合于疲乏
一派风景褪色多迅疾
超出了旅行和换季的速度
黑夜的蜜月才刚刚开始
光却像港口的无头唐璜
侵占新人的二等舱婚床

此时在中途。——此时
夏之利剑错插入
四月刀销的睡眠
抵达是预先料到的
众多抵达，意味着返回
谁把铁锚奋力掷进了虚空的

月影
　　黎明注满回忆的脑袋
钟点击打着灰烬和灯
下面，舷窗旁，有人随手
打开旧海图——厌倦以一具
尸体的方式，浮到了纸面上

(1993)

为一幅波斯地毯而作

花园从波斯几何学现形
抽象的玫瑰领受了生命
技艺要献给米海拉布[①]
孔雀开屏的尾翎
圆睁仪式繁多的眼睛

技艺也献给时光和寂静
唯美的大地毯铺展向圣景
技艺要献给米海拉布
无限的金银
翻卷起波浪柔曼的女性

我默在诗篇里开怀畅饮
炫耀啊一盏灯新月正照临
技艺要献给米海拉布
奢华的宫廷
沦陷进图案复沓的幽暝

技艺要献给夜色和孤星

---

① 米海拉布：清真寺里朝向麦加的那个壁龛，波斯地毯常有半抽象的描绘。

抽象的玫瑰领受了生命
技艺要献给米海拉布
孔雀长鸣的高音
唤醒编织者胸中的爱情

(1994)

新树

一棵新树带来一次新的想象

就像它连夜从湖中吊起
被执行军务的直升飞机
拽上了星空

老鹰横渡晦暗的光芒
以折刀方式
向着它打开

尔后，黎明
为了表示那是个奇迹
一棵新树突然显现

在卷刃的风之下
在城市开口处
复杂的火车站

它的白化病冠盖
高出了古典的
蒸汽机头

*

一棵新树带来一个新的象征

就像快信已经发出
硬卧车票已经预订
我的告别式

在电线蜘蛛网
铺开的月下
年复一年诗行缩短了

当我穿过几条弄堂
站到火车站广场的
岸上,新树把影子

投向隔离栏镀镍的迷宫
繁忙中时间
到达了出发点

一棵新树,而一棵新树
它的白化病冠盖
被标画在地图上

(1995)

声音

它应该有驯鹿的姿势。
——被风吹低的嘈杂枯草间，
那声音俊美地一跃！

而持续梦境中抒情的
猎手，穷追这矫健之物，
却不往弯弓上搭箭。

并且我试了再试，
探身出睡眠的窗口。
我听到同一个声音又高飞，
化为鸟中最黑的燕子。

它自由的激情收拢了翅膀？
它是否又将第二次栖息？
在一根尚未发疯的神经上，
在将要被唤醒的我的耳中。

（1995）

午后的散步

是一种邀舞方式
把诗篇抽象为音乐

他们从漫长的堤坝到铁桥
停顿于超出忧郁的蓝色调

他们看白嘴鸥贴水飞行
像颤音一缕，掠过绷紧的寂静之

弦。而纪念塔阴影增长了三公分
时间令太阳偏离开现在

他们又继续，拐进一条背僻的街
感觉到脚下行星的弧度

他们中间的一个正做梦
另一个缺一辆

灵魂出游的
轻便摩托

(1995)

在汽车上

汽车拐下高速公路
中午飘来缓慢的雨
因为满含早年的欢乐
旅途中有人涕泗滂沱

简陋的乡村小邮局门前
男孩子头顶半枯的荷叶
一匹马躲进木头屋檐
闪电正击打生锈的信箱

在司机身旁，我几乎入眠
我放跑了那个臆想的女儿
她自海中狂奔向滩头
大腿间装饰着水草和贝壳

我知道我的笔法陈旧
我旅行的目的更为古老
——现在
在汽车上，我看见那座

　　　　我往赴的城
它将从它的午睡里醒来

它冲凉的水龙头
代替这场雨洗去梦想

(1995)

回忆一棵树

不可能再有崭新的
现实，譬如说：土星
脱下奢侈的光环
事物们呕吐掉
各自内部疼痛的引力

飞翔并非绝对意志
春天，梦中，一匹
小公马慵懒地侧卧
正当公路上车轮疾旋
几乎战胜了摩擦系数

如果我过早醒于黎明
我更想见识一棵绿树
移开旅馆的铝合金长窗
看它为鸟儿降低的姿态

穿过谷底的水泥停车场
有人要让我重新注视
同一棵树，把它引向
一则五月的黄昏轶事

它包括阳光和攀援想象
裸体誓言和未遂的诱惑
暮色里忧郁
　　　　　又升上树冠
一阵山风，把回忆吹散

(1995)

钟声

黎明阴翳的街心花园
雨雾散漫地扩展开钟声
喷泉在开启，避雷塔守望
早起的燕子仆从般繁忙
——上午来得还要迟一些
比一场婚礼更隆重和拖沓
那作为信使的大伽蓝鸟
从醒来的保护神胸腔里飞出

城市保护神最高的建筑
闪耀它造型完美的金头
——一对耳朵近于抽象
以其倾听，又重新集合起
播撒过亮光的回荡的钟声
仿佛幻想对称于记忆
婚礼合唱在雨雾中收敛
弯曲的路径抵达了门廊

镜子在大客厅延伸街道
重复白昼故意的晦暗
上午。下午。对光阴的计算
靠的是钟声这再现的尺度

以及我跟它保持的距离
我看见钟声把黄昏也测量了
——黄昏天放晴
新月如一柄孤单的斧子

城市保护神完美的金头
吐出火焰、仪式和黑暗
窗棂们朝向辽阔的夜色
钟声又催促:少女们奔赴
婚礼的飨宴——而当我经过
街心花园里矫饰的螺旋柱
被月光斫丧的钟声男人体
正倒伏于新娘的玫瑰花床

并且星辰的鸟群争鸣！钟声的
性爱里,星辰合唱队更为神奇
将天宇收缩成教堂穹隆
它们历尽狂欢的歌队长
却依然是时间不变的准则
——即使它夜阑返身于青铜
那声音铸就的凝重的洪钟
也一样被戴上黎明的金头

(1995)

乌鸦

小型博物馆隐秘的廊柱
为斜阳提供过一样的拱门
石头广场的下午更悠长
强调阴影的巴洛克风格
——巴洛克风格的阴影被
夸大，直到黄昏接替了白昼
那手中有亮光王牌的人
犹豫间放弃了可能的胜局

黑夜到来！黑夜多奇异
乌鸦姿态的铁皮风向标
还魂于博物馆锈蚀的尖顶
复活的翅膀打开，朝向歪曲的
月亮——僵硬的冷空气托举起
它，返回了飞翔、俯瞰和疑惧
它现身在倒伏于衰朽的老城
仿佛黑太阳照耀着无眠

仿佛出自替罪的神迹剧
一辆自行车横渡夜色
自行车要接受乌鸦的指引
——脸色苍白的邮差要递送

反面的神灵传达的消息
殉难的羽毛和预言之舌
旋风从不祥的信件中卷起
反常、怪诞、短促、不真实

乌鸦的字词，杀伤力溢出
黑暗的语法，它将要摧毁的
会是它自身，以及震颤
偏执和魔变——在尖顶上
铁皮风向标折腰又折腰
坠入旋涡般下陷的小广场
那手中有亮光王牌的人
为失败点燃了暧昧的灯

这博物馆神迹剧收拢翅膀
自行车拐进了另外的街巷
另外的街巷另外的迷宫
另外的巴洛克明月更茫然
而我却梦见另外的乌鸦
从廊柱隐秘的阴影里脱胎
它升到象征的戏剧之上
看黑夜到来——黑夜多奇异

（1995）

夜曲

深红的弦歌不像春风
它不让听者回顾少年情怀的
燕子，或如幻想
用午后风景的轻薄火焰
熔化往昔渐暗的白银
它重于心事，它重于一副
耳朵和头脑——夜曲比夜色
更增添夜行人希望的负担

那也是灵魂弯曲睡意的程度
被失眠的群星照耀并刻画
一支乐队飘浮于天际
又同时沉沦进对称的梦中
一柱喷泉，在菩提花一瓣瓣
打开的寂静里攀上了高音
——华彩的金鱼在下面回游
有如音乐里寄身于奏鸣的

拟喻霓虹，从水的虚无到
光芒的虚无。夜行人抵达了
旅程尽头，终止于极限的
经验堤坝——这堤坝阻挡

一片多么茫然的旧海
……更为茫然的是他的倾听
心事为遗忘叠加心事
涛声上紧了夜曲的发条

而深红的弦歌浮出旧海
它催人欲老,它完结一个人
——它休止的虚无
重于充沛一生的大梦
当夜行的倾听者穿越睡眠
复活般提前从寂静里醒来
新我要让他看见一柱
新的喷泉,喷泉下金鱼

又一次回游。那也是希望
是希望对灵魂的逆行上溯
在不断反复的夜曲中弯曲
相同的时间要再被经历
仿佛昨日一颗星辰
会划开今夜一样的眼睑
深红的弦歌把循环的命运
注入了奔赴死亡的血液

(1995)

月亮

新一轮满月。泪水在回潮
不复存在的屋顶枕席般
又连成一片。从树冠到青瓦
到暗夜和暗夜
流淌的光芒仿佛悲哀
仿佛悲哀中突然闪现的
昔日欢乐。葡萄藤蔓过矮墙
疏影在细街上晃动

出浴的情人升向屋顶
她芳香的躯体顺势斜卧
她被风抚弄的姿态像一把
低音提琴——新一轮黄昏
她仍将升起,她芳香的躯体
在枕席波澜间变幻、受精
有如蝴蝶和瘦削的青蛾
把花斑重叠于满月的雀斑

回潮的泪水回潮的时光
折磨一个人孤身的冲动
她写下“月亮”。月亮和悲哀
她追忆的激情有装饰阴茎的

素馨节奏——旧址。旧光荣
旧乐曲声中易容的脸颊
月色里机器船粗重地喘息
穿插冰冷骨立的旧铁桥

欢乐却可能是一次亏欠
是隐入秋天的半面凹镜
对应她胸中幻化的月偏食
那提琴在多余的间奏里
断弦，那突然闪现又蜕变的
低音，被定义为喑哑
呜咽和颤栗，被我在桥头
想象地倾听——被粘滞于

暗含水流弧线的薄翼
要随着蝴蝶或青蛾消逝
而满月将跟紧下降的躯体
——满月下降，成为水流中
更白的情人：她开花的乳房
她在屋顶般连成一片的
水中的欲望……桥下机器船
犁开了几乎是肌肤的光芒

(1995)

奇境

大海在梦中过于壮丽
被风堆砌的巨浪在晴夜里
过于缓慢地遮闭了星空
蓝——更蓝，直到
忧愁，直到刻骨铭心的黑暗
海水过于凝重，甚至拥有寂静
寂静岸线上梦游人只看见
光芒正侵蚀幻听的钢琴

黎明她睡得还要浓郁
接近了死亡的固执和高潮
——海水如雪花石膏般卷刃
那诞生于臆想的耀眼的异象
如无形的指尖奏出的广板
从敞开的琴盖间随太阳上升
影子优美地拂过海面
触及了码头空旷的小旅馆

海妖或怪物，带来镜子响亮的
白昼，以无尽的反复唤醒女客
把轻细如耳语的钢琴梦呓
扩大成灵魂出窍的雷霆

一线闪电撕扯,令倚窗探海者
头疼欲裂,令她对奇境的第一次
亲近,自无以复加的盛装开场
止步于脱衣的黄昏仪式

而大海即妖怪,跃起在空中
在琴键般升级的内心波澜间
翻腾比音乐突兀的身姿
——当醒来的梦游者
走下堤坝,企图融汇进
深陷于盐沙的钢琴鸣响
和包围这演奏的着魔的
风景——大海更扭动

热烈的腰肢:大海的肚皮舞
加剧了女客的晕眩和疼痛
紧张!——她投身进去
沉溺的裸体喂给了妖怪
仿佛又一个梦游夜降临
我听到她抑制住幸福的
轻唤……海水被允许
以色情的舌尖恣意舔卷她

(1995)

星座

众星的句法纠缠,光芒打成了
死结。天秤倾斜的十月规定下
生辰和疾病。它对应于胃
它下降到夜色温柔的腹部
——这悬浮的形象
跟遮掩稀疏阴毛的天蝎
相互映照,有如历法间
两种不同的命相叠加

如两种相似的欲望
霓虹被人从蛇的绚烂和蜿蜒间
指认——色情的诗艺
在忍耐饥饿的日子里升华
一颗耀眼的金星来临:金星
锐利,刻画美人鱼细致的鳞片
而黄昏与黎明,死亡与复活
则贯穿白羊和狮子和摩羯

我拿着一本星相手册
从迷乱的预言到确切的地址
罗盘指明三十二个方位
每一个方位一具象征的大裸体显形

发辫、火焰、箭以及性器
要向我演示一生的运程和其中
奥义——拐杖支撑着信仰
镰刀收获时间，彗星刺向伟大的

半人马，噩耗以开花宝剑的方式
铭写黑暗于绿血和酒浆
——美人鱼仰看满天星斗
她几乎看见我，在双子星装饰的
花园里留连，自石头喷泉
进入天体拐角的晕圈
我查阅无限之书的索引，或者梦见
一辆街车驰往天琴和它的下一站

我地上的经历则可能是倒影
在银河急泻的秋天映现，它会因
众星的隐退而更加黯淡
消失在几座我曾经涉足的虚幻之城
那发现的技艺却保存下来
镶嵌字词在命运的黄道带
——遵循夜空中光芒的法则
我说出了更多的星座之名

（1995）

忆角直

有个地方我从未去过，在经验之外……

——E. E. 肯明斯

那地名当初还不能显现
常用字额头长出的独角还
未获确认，被拒于一个
系统新世界，像麒麟
在动物学类属纲目的篱笆外

对月。新世界正为它
迅速编码，让它的房地产
突兀地跳到屏幕去销售
不妨用一把刀代替一撇
像麒麟，在动物园

被只想吃新叶的长颈鹿
替代。周末暂且告别键盘
离开电脑蹩脚的想象
汽车驰出程控关卡，甩脱
大都市难看的水泥花边

轮胎急旋，摩擦乡村羞怯的

敏感带——这短暂得近乎
或许的春天……让你想起
他的诗有几首仿佛乱码
抒写着发霉的田园情怀

而两边的田园风光确切
它的神是一个邋遢女人
浑身散发泥土的芳馨
比花朵柔软，那些胸脯
像一座座坟

爱情跟死亡
可以互换吗？诗歌疾行中
也许又出错，时间更快
就要泯灭：汽车挺进
深抵那隐秘哦隐秘的世外

河流分叉处波浪在撞击
七十二重拱桥，跨过有待
消费的愁怨，准备着迈往
系统新世界……几家马戏团
预告将会跳新潮脱衣舞

（1996）

下降

下降仪式里燕子的试探性
有时也会是盘旋中军舰鸟
渡海的试探性

而一座煤气厂试探着飞临了
所谓晕眩,是轰鸣和意外
勉强的委婉语

在扇形田野它再一次减速
在更加壮丽的扇形海畔
它站稳了脚跟,两只锃亮的

不锈钢巨罐将成为乳房
喂养火焰,就业率
喂养三角洲意识空白的襁褓理想

于是有人从铁烟囱滑落
像一面解除警报的旗
他走出煤气厂

身份中混合着末世子孙和
大经济新生儿灼痛的血

他脑中的视域仍在

半空:燕子和军舰鸟
为即将到来的大雨而欢聚的
蜻蜓,啊蜻蜓

他顺着坡道缓缓向下
走进较为浓郁的
绿色——被迫收缩

乡村在更低处。在那里
失眠,是悲哀和期望
含混的委婉语

(1996)

天文台

大熊星横亘。依旧
我们的观察能力在下降
我们用肉眼仅能够看见
霓虹灯照耀时间的锐角

我们只看见风景昼夜里时间的锐角
二等舱高于堤坝的海轮驰进吴淞口
我们被江面的反光映现
玻璃神用凹面镜，造化城市之上的穹隆

大熊星横亘。依旧
我们的注目礼需要一架射电望远镜
我们正好路过天文台，看见
花岗岩墙面上光影构成时间的锐角

手腕上，两根指针构成一种时间锐角
而我们继续我们的忙碌，并不知
是谁，撞破一扇天意旋转门
锥形天体刺向肉身的疼痛和虚无

大熊星横亘。依旧
我们的想象能力在下降。谁又去

瞭望孔,用伤口感应幻视中太空人
飞越渐暗的虹膜内壁那时间的锐角

(1996)

花园

那花园在座头鲸呼吸里
移行。那喷泉，断了根
被一位捕鲸船舵手兼诗人
跟他要感激的白日梦押韵

如今这是他摸不到的光荣
像一个乐音固定于碟片
一本书打开，半自动的字词
繁殖，再繁殖，直到成为

更真实的花园里致幻的癞蛤蟆
去惊醒读者又再施催眠术
——女看官从插图进入传奇
去做他尖叫和呕吐的夫人……

这仿佛小孩的翻线圈游戏
想象来自纸张，而诗艺是观察的
对手，作为交换的语言
既来自写作，又来自另一座

欲望花园。——那花园移行
在座头鲸呼吸和诗人的激情里

半空中喷泉的冠盖高音
有一个几乎被熄灭的根

（1996）

香樟树

在孩子们围拢的游戏中间
一棵异变的香樟树眩目

一棵香樟树噩梦的蘑菇云
黄昏里着火，点亮了所有

聚合于城市上空的黑暗
那惨绿的爆闪不仅是信号

不仅是征兆！啊游戏
继续，欢乐结束了

童谣的蝙蝠翻腾于头顶
孩子们逃散进各自的弄堂

香樟树有一枚异变的灵魂
附体于孩子们各自回家

(1997)

递送之神……

递送之神盔边的绿翅膀，裁剪
邮局，题献给飞翔
它被人戏称为亮光的建筑
在晨星下，在黎明和持续抵达的
黎明，这邮局的轮廓是

迅速扩展的钟声之轮廓
这邮局的形象，是吴淞江岸北
片面的诗意。它肩头的钟楼醒目地
象征——它更绿的倒影
斜刺桥拱下滞涩的浊流

而它的阴郁偏于西侧，那里
旧物质，还没有全部从昨夜褪尽
一个清洁工挥舞扫帚
一个送奶人回味弄堂口
烟纸店女儿的水蜜桃屁股

——黑橡皮围裙渐渐被照亮
邮局之光却仍然遮挡住
完整的晦暗。石库门。老闸桥
略早或略远处棚户区涨潮

陡坡上邮差的自行车俯冲

（1997）

外滩

花园变迁。斑斓的虎皮被人造革
替换。它有如一座移动码头
别过看惯了江流的脸
水泥是想象的石头;而石头以植物自命
从马路一侧,它漂离堤坝到达另一侧

不变的或许是外白渡桥
是铁桥下那道分界水线
鸥鸟在边境拍打翅膀,想要弄清
这浑浊的阴影是来自吴淞口初升的
太阳,还是来自可能的鱼腹

城市三角洲迅速泛白
真正的石头长成了纪念塔。塔前
喷泉边,青铜塑像的四副面容
朝着四个确定的方向,罗盘在上空
像不明飞行物指示每一个方向之晕眩

于是一记钟点敲响。水光倒映
云霓聚合到海关金顶
从桥上下来的双层大巴士
避开瞬间夺目的暗夜

在银行大厦的玻璃光芒里缓缓刹住车

（1997）

时代广场

细雨而且阵雨，而且在
锃亮的玻璃钢夏日
强光里似乎
真的有一条时间裂缝

不过那不碍事。那渗漏
未阻止一座桥冒险一跃
从旧城区斑斓的
历史时代，奋力落向正午

新岸，到一条直抵
传奇时代的滨海大道
玻璃钢女神的燕式发型
被一队翅膀依次拂掠

雨已经化入造景喷泉
军舰鸟学会了倾斜着飞翔
朝下，再朝下，抛物线绕不过
依然锃亮的玻璃钢黄昏

甚至夜晚也保持锃亮
晦暗是偶尔的时间裂缝

是时间裂缝里稍稍渗漏的
一丝厌倦，一丝微风

不足以清醒一个一跃
入海的猎艳者。他的对象是
锃亮的反面，短暂的雨，黝黑的
背部，有一横晒不到的娇人

白迹，像时间裂缝的肉体形态
或干脆称之为肉体时态
她差点被吹乱的发型之燕翼
几乎拂掠了历史和传奇

(1998)

低岸

黑河黑到了顶点。罗盘迟疑中上升
被夜色继承的锥体暮星像一个
导航员，纠正指针的霓虹灯偏向
——它光芒锐利的语言又借助风
刺伤堤坝上阅读的瞳仁

书页翻过了缓慢的幽暝，现在正展示
沿河街景过量的那一章
从高于海拔和坝下街巷的涨潮水平面
从更高处：四川路桥巅的弧光灯晕圈
——城市的措词和建筑物滑落，堆向

两岸——因眼睛的迷惑而纷繁、神经质
有如缠绕的欧化句式，复杂的语法
沦陷了表达。在错乱中，一艘运粪船
驶出桥拱，它逼开的寂静和倒影水流
将席卷喧哗和一座炼狱朝河心回涌

观望则由于厌倦，更厌倦：观望即颓废
视野在沥青坡道上倾斜，或者越过
渐凉的栏杆。而在栏杆和坡道尽头
仓库的教堂门廊之下，行人伫立，点烟

深吸，支气管呛进了黑河忧郁物

（1998）

一次延误

起飞能否让人心安
换上了提升意愿的引擎
对对翼翅依次掠过
城市边缘，故障涡轮机
被弃，渐暗，会有锈迹的
观念余晖，沉沦于忘却

俯瞰的欲望没怎么改变
机舱又打开，已经是
另一座余晖之城
标志性铜像的巨手
宽肩上，观念的锈迹
更绿，晓以历史大意

臆造的镜头就像盐粒
为摄取更多而全部溶化
滑下救生梯，你，观光客
踏上的依然同一块旧地
取景框确认你并未忘却
阅读想象的想象回忆录

雀斑空姐满脸星空

要让你重返航空故事里
全部的虚空：停机坪深处
一双盲目升上月表
那巨手，那宽肩，那
障眼法后面聚焦的奇遇

迷乱香樟树喷泉的视野
众鸟在喧哗，将一种循环
映上了垂挂的玻璃瀑布
于是你重新阅读渐暗
故障涡轮机永不修复
起飞能否更让人心安

（1998）

望远镜

戏被曲解了——当有人
醒来,讲述他的梦
他以为他见过某位伽利略

眼界被望远镜加倍缩小
把距离拉进怀抱的热情
冷落了曾经获得的广度

一个夜拥戴献出的那颗星
一次专注——那颗星献出了
水晶浴罩里放大的睡美人

局部间离更为真切
成为更为魔幻的生活
他删除其余,再放大

欲望——睡美人丰乳
成了献出的又一对
天体——这回他改用

意念望远镜,看不见的星际虎
跃上奶头山,看不见的猎手

却必然跌滑进谷底啊温柔乡

饱满膨胀这发现的幻象
这仅仅为人之性建立的
物理学，不提供定理或证据

却提供想象之外的想象
（无限宇宙是部分宇宙）
但超出了梦境，也只是超梦

也只是迈向虚构之虚构
他的观看更远地离开戏
更远地离开那扮演的

伽利略。另一架望远镜将会
搜寻——戏的真实尤其细节
尤其细节里梦的广泛性

（1999）

Ⅲ　六十七首

（2000—2017）

译经人

梦之军队乘风而来，侵入睡眠的
黑暗领地。黄铜号角辽远地
破晓，唤醒朝露、武僧团
村委招待所波斯相貌的
服务小姐……那号角又命令
晨风急刹车，闪跌大梦
在超出了睡眠的塔林小广场

另一支军队也集合起来了。引擎
轰鸣，驱动大客车奔赴——去
占领。指挥员导游的三角旗摇曳
被半导体喇叭变形为魔镜的
一副嗓子，映照中翻新了旧地
旧山门、甘露台上曾遭火刑的
两棵旧柏树、少室山下

依旧的白昼……跟梦和
反复的日常不一样，译经人枯坐
在晦暗的廊下，在一记钟声里
透过纸张，抵达了圣言背后的
三摩地。然而凭籍或许的意愿
译经人回过神，黄昏已重临

——卷帙中灯盏重新被点亮

这时候游客们撤退至半途
愈加沉闷的黑暗车厢里，游客们酣睡
肉身因汽车朝不夜城急拐而
全体倾斜，像所谓大趋势，像
过时的时尚……他们那近乎
无梦的梦中，不会有译经人
垂死的脸，灯光里隐约的空幻表情

译经人空幻的形象也不属于
梦想和现实。当一支黄铜号角又吹响
收拾了时间和时间的凡俗，译经人也许
从廊下到星下，踽踽独行于细小的
林间路。他会在某座砖塔下歇息
一无所思，不在乎他是否
已经是尘土或吹来的一阵风

（2000）

雨

（回赠财部鸟子，她有个“雨女”的雅号）

乡村教师正要求孩子们辨认当地的
植物和石头，雨落了下来
被唤作银杏的千年古树遮挡起那堂课
但雨还是落向了山中、幽深处
在言辞之外

*

言辞却推进。当我企图展读一封信
雨停歇了片刻，就像你
刚想要署名，收住笔，你名字偶然带来的
雷阵雨，会因为幻想的闪电而必然
从东京移向海那边一座空寂的城

*

此时，如我曾读到并讽仿的诗句
在黄昏的寺院里我注视着雨
我离开衰败的洛阳不太远
我离开胡僧菩提达摩
有一千五百年

*

雨提供书写成雨的诗篇。欲跟它
相衬的纤弱的言辞，会纠缠又一个
乌有的人；会让我用记忆想象那个人
他以其不存在摆脱言辞，并且不属于
变异循环里停歇而后又到来的雨

（2000）

过海

（回赠张枣）

1

到时候你会说
虚空缓慢。正当风
快捷。渺茫指引船长和
螺旋桨
　　　一个人看天
半天不吭声，仿佛岑寂
闪耀着岑寂
虚空中海怪也跳动一颗心

2

在岸和岛屿间
偏头痛发作像夜鸟覆巢
星空弧形滑向另一面。你
忍受……现身于跳舞场
下决心死在
音乐摇摆里。只不过
骤然，你梦见你过海
晕眩里仿佛揽楚腰狂奔

3

星图的海怪孩儿脸抽泣
海浬被度尽，航程未度尽
剩下的波澜间
那黎明信天翁拂掠铁船
那虚空，被忽略，被一支烟
打发。你假设你迎面错过了
康拉德，返回卧舱，思量
怎么写，并没有又去点燃一支烟

4

并没有又回溯一颗夜海的
黑暗之心。打开舷窗
你眺望过去——你血液的
倾向性，已经被疾风拽往美人鱼
然而首先，你看见描述
词和词烧制的玻璃海闪耀
　　　　　　　　　　　　岑寂
不见了，声声汽笛没收了岑寂

5

你看见你就要跌入

镜花缘，下决心死在
最为虚空的人间现实。你
回忆……正当航程也已经度尽
康拉德抱怨说
缓慢也没意思。从卧舱出来
灵魂更渺茫，因为……海怪
只有海怪被留在了那个
书写的位置上。（海怪
喜滋滋，变形，做
诗人）——而诗人擦好枪
一心去猎艳，去找回
仅属于时间的沙漏新娘
完成被征服的又一次胜利
尽管，实际上，实际上如梦
航程度尽了海没有度尽

（2000）

跨世纪

寂静大旅馆——格局像一座弃用的
宫殿，老式电梯
卡住过旧时代肿痛的咽喉

梦见红色的蒸汽机头时
旅客正完善抵达的礼仪。旅客
推开窗，紧贴窗玻璃迎候的
虚幻，有晨风探访鸟巢的表情
他处身于空旷——空旷和饥饿
顺便也完善了苏醒的礼仪

地下隧道再一次向他推荐新世界
旅客从寂静融入正午，听到背后
老式电梯轰隆隆掉进深深的

幽怨。而他所见的不可名状
强光要剪除一切黑暗、一切阴影
一切暧昧里往昔管辖的怪癖和悔恨
如此绝对里，他是否依然追随
夜女郎？旅客企图发现一棵树
找回属于昨天的轻唤——“爱

留下……其余无价值”。旅客穿越
未来火车站,他参观陈腐的
骷髅专列:蒸汽机头朽烂在红色里

记忆如同绳索,一下子
松开旅客。凹陷无名间一颗现在
剧烈地跳动。他挣脱自我去融入
自由?也许反而受绑于遗忘?旅客
回头看:寂静大旅馆倒挂在天际
——强光甚至也剪除了此刻

(2001)

窗龛

现在只不过有一个窗龛
孤悬于假设的孔雀蓝天际
张嘴去衔住空无的楼头还难以
想象——还显露不了
建筑师骇人的风格之虎豹

但已经能推测：你透过窗龛
看见自己，笨拙地骑在
翼指龙背上，你企图冲锋般
隐没进映现大湖的玻璃镜？也许
只不过，你刚好坐到梳妆台边上
颈窝里蜷曲着猫形睡意

那么又一次透过窗龛
你能够看见一堆锦绣，内衣裤
凌乱，一头母狮无聊地偃仰
如果幽深处门扉正掀动
显露更加幽深的后花园，你就能

预料，你就能虚拟：你怎样
从一座鱼形池塘的肤浅反光里
猜出最为幽深的映像——一个

窗龛如一个倒影，它的乌有
被孔雀蓝天际的不存在衬托
像幻想回忆录，正在被幻想

语言跟世界的较量不过是
跟自己较量——窗龛的超现实
现在也已经是你的现实。黄昏天
到来，移走下午茶。一群蝙蝠
返回梳妆镜晦暗的照耀。而

你，求证：建筑师野外作业的
身影，会拉长凝视的落日眼光
你是否看见你俯瞰着自己
——不再透过，但持久地探出
窗龛以外是词的蛮荒
夜之狼群，混同白日梦

(2001)

小快板

中午的倦慵止于湖绿……司机
继续——司机听说过一个
统辖速度的神。火车正追逐
追逐着去咬开夏之咽喉的
金钱豹闪电，像缓慢射出
但必须准点抵达的麻醉弹

然而，红——红是司机
午时的热梦，迷幻间驶往
必要的暗蓝。他裹紧制服的
记忆被剪开：风，吹过来
铁轮飞旋摩擦钢轨，却偏偏从
高高挑出的斜拉桥越向了
轮船在江心的一万吨迟疑

幸亏，他刹车。红梦正打算
掠过桅杆顶端的那一刻
惊醒却把他高悬在事故
危难的半空……半空中火车
击中了化身虚无的云，让
司机去见识——云深处仿佛

确切的乌有。那么，这当口
速度之神不再盲目——速度之
神，从更高处俯瞰更完整的
现场——火车才是那金钱豹闪电
而造成轰然倾覆的麻醉弹
几乎是湖绿的……怪不得红梦
——情急间司机甩脱了它

(2001)

途中的牌戏

（回赠臧棣）

不知道能否从双层列车里找到那
借喻。他们在潮湿的站台逶迤
像惊羡博物馆禽类收藏的
好奇参观者，不安地注目
软席车厢里旅行家无聊

但一声响笛催他们上路
一群时限鸟在他们咽喉里
啁啾“开车啦”。稍稍犹豫后
他们也成为乘客去旅行。他们
读晚报，刻意在上层硬座里对坐

用不了多久，一个意志就招呼着
来到了他们中间；一副扑克
替换了闲览。他们被聚拢进
同一种玩法，却又分散在
各自摸来的点数间专注

只是在洗牌和懊悔甩错主牌的
当口，他们才扭过脸探看
车窗外：细雨之猫一变

世界翻作浪，咆哮淋漓如
老虎般滂沱……而一连到来的

几组同花顺，却足以——把
想象钢轨上滑翔的电鳗
控制于水一样溃散的败局，让速度
减缓，不会甚至让终点也错过
尽管，实际上，他们循环在

循环游戏里……就这样火车
抵达下一站，有人嚷嚷着“下去
瞅一眼”，好像换手气
再试着摸来全新的好牌
他们指望着，旅行家有一副

小怪模样，打火，点上烟
阔步踱向裹紧塑料雨披的黑桃 A
不碍事的旁观者照样看门道
在站台上潮湿地逶迤，不插嘴
等一声呜唠，再启程……升一级

(2001)

眉间尺

煤气燃烧，蹿出了炉膛。在空气
波澜下，蓝火焰潜艇深陷于
危机，要全力升上复仇的洋面
高压骤减，肺几乎充血
眉间尺又带来决心的旋风

眉间尺又带来他的茫然
如同刚刚铸就的宝剑，还不知怎样
应和风嘶鸣，还不知怎样
在暗于海底的月黑之夜
去成为刺客、鱼雷和闪电

一位魔术师命运般降临
从袖中摸出也许曾经是幻灭的
手镯——这手镯也即
另一朵蓝火焰，也即另一种危机和
恨，另一番燃烧，把青涩的

眉间尺，引向了更高领域的冲突
彩排的自杀性飞抵虚空
有如语言蜕化为诗行，慨然献出了
意义的头颅。那手镯再一变

摇身为悲歌——刚好在悲歌里

魔术师继续眉间尺喜剧:以一枚
首级的恐怖主义,惊吓乐于受
惊吓的观众——头颅被投入
沸釜中跳舞,它吐露的舌尖
把绝望舔卷……唾向了无辜

如此魔术师长啸一声,完成般
收起仇恨和煤气炉……然而
一错眼,眉间尺跃出了表演的限度
——仿佛并没有罢休其命运
他张嘴,去咬紧,幻灭的手镯

(2001)

何夕

那无形也可以算一个姿势
放慢的胡旋舞，在空气里不过是
女明星挥挥手打发了残烟
天地间新精神替换旧腰肢

如今甚至已失传了想象
朱雀折拢翅膀，像一把滚烫的
壶，而枯坐茶楼上渐渐
温润的游客半探身，用一嘴
茗香，吐出不再有回味的浮世

“阮玲玉？NO……张曼玉！”
街对面一湖水稍稍倾斜
要把绿意，灌满打火机点亮
那一瞬。就在那一瞬，风漫卷

仅属于电影的闪回，把七世纪
长安，画报般哗啦啦乱翻了一遍
在其中挣扎又飘摇的一朵
被剪辑之刀半张着叼过来
拼贴一点点淡出的映像

意愿余火则残留至今，依然
闪呀闪，吹进每个人膨胀的肺
——再次吐出的再归于无形
再在半空中，以迷蒙之眼

烟视转换于角色和本色间
形神之媚行。这也不过是光影
媚行，是放慢的胡旋舞最终休止于
时态疑问里：“今夕，何夕？”
……女明星挥挥手又招引朱雀

(2001)

旅行小说

勘探者来信说不过是冰
不过是冰——让情境在晨昏间
滑行了将近八万里路程
……途中买到过上好的烧酒
奔忙的向导犬乳头曾变硬
有一艘破冰船，混同于故事里
凝固的细浪……纸张却构成
被太阳裁剪得整齐的白昼
折叠一道、再折叠一道：宇宙之
光，几乎跟言辞光芒相重合

——等到它如炫耀展现在
现在：终于要冰一般溶化的
勘探者高举走马灯，朝往昔
尽头又滑过去七十年加一个
残冬。透出旧辞句缝隙的闪烁
闪烁着闪烁着，把历险如
幻灯片，翻打到塔楼
渐暗的墙上。读信人诞生于
记忆的晚境，他借助放大镜
埋首的专注里，仍有着勘探者

也许已苍老的一丝惊讶、一丝
恐慌和一丝满足：因为龙
龙吟，越过被零度以下的
描述传奇的魔山锋刃，慢风般
又踱尽更朝着黑夜弯曲的穹隆
从半空下探这阅读的天窗
它是否看到了当初未将它
猎获的男主角，此刻正拆开
另一封寄自早年的信？正轻声
咕哝：为何……只是冰

（2001）

梳妆镜

在古玩店
　　　　在古玩店
手摇唱机演绎奈何天
镂花窗框里，杜丽娘隐约
像印度香弥散，像春宫
褪色，屏风下幽媾

滞销音乐被恋旧的耳朵
消费了又一趟；老货
黯然，却终于
在偏僻小镇的乌木柜台里
梦见了世界中心之色情

“那不过是时光舞曲正
倒转……”是时光舞曲
不慎打碎了变奏之镜
鸡翅木匣，却自动弹出
梳妆镜一面
　　　　　梳妆镜一面

映照三生石异形易容
把世纪翻作数码新世纪

盗版柳梦梅玩真些儿个
从依稀影像间，辨不清
自己是怎样的游魂

辨不清此刻是否
当年——
　　　　　　在古玩店
在古玩店：胶木唱片
换一副嘴脸；梳妆镜一面
映照错拂弦回看的青眼

(2001)

咏叹前的叙述调

码头高出岸线一小截
推单车去赶渡船的邮递员
要稍稍拎一下生锈的把手
这表明春江听从了季节律令
浊流上涨，繁忙像汽笛
噪音解散着烟尘那滚滚的
黑制服编队。接着是轻微却已经
明显夸大的坡度，一直到江心
好让单车性急如大猎犬
向下疾冲……邮递员跟上
一路小跑，他的形象
十年后又一次没入船舱油污的
晦暗，已变幻成一个
黝黑的支局长，跨坐着摩托
如骑上了常遭罚款的命运虎
过江是他的一次暂歇。渡轮贴上
对面码头橡皮胎护沿时一阵
轻颤。他赶紧又启动
他刚刚眯缝眼看到的那叶
柔软的船帆，也赶紧化作他塑料
头盔上摇摆的翅膀，追随疾驰
犹豫地掀动……景象在

加速度后面合拢，立即就成了
过去笼罩的石头废墟，而迎面
更朝他扑来的道路，则是他
十年前投递的挂号预约函

(2001)

仿童话

看上去像极了语言的圈套:举一
反三的亚马逊鹦鹉在时间里
跳腾,似乎说——这样

又似乎说——那样……闪烁着
荧光的黄脑袋扭转,忘记了曾经
这样那样的低啼和长鸣

它绿色的小嗓子被锁于句法
它掀动求偶激情的翅膀如两截
霓虹,逻辑地短于

为求生存而横贯天际的马拉松飞翔

然而它嗅及、并很快听说了
一头香味豹发出的邀请。香味豹
不言语,如同不上足发条的

钟,隐藏期待,在每次错失里
——荫深处暂缓机心的呼吸
却要比学舌更加讨喜欢

这诱引分泌暗示的春宫，跟
日光浴女郎偃仰间分泌的春宫暗示
一样会入迷，会架构起

气味虚线勾画于空无的陈仓暗道

看上去，那已经是十足的仪式陷阱
亚马逊鹦鹉携带被剪掉一截的
斑纹玫瑰自我

　　　　　　欺瞒着奔赴
正将它欺瞒的芬芳鸿门宴
——当是时也，香味豹只需

夺分秒一跃，肯定就咬准了半空中
以诗寒暄的喉管
　　　　　　　……吞噬一番后

它吐出了怎样的骨骼和羽毛呢

(2001)

沙曼荼罗

这不是奇迹。仅仅是醒来
奋力攀登正午的早晨有自己的
曼荼罗。混世魔王玩弄所谓
格局不对称，在一列火车
俯首射入涵洞之际
更多偏向了昨夜——电视塔

播音员却又用小嗓子报站
乘客聆听，一点不怠慢
倾身迎合她有如呻吟的
节奏加速度——消息被当成
来自世界中心的消息
她诉说现在，指向了未来

刚好在未来乘客下地铁
由电梯升上薄月依然隐现的
海平线。红色巨轮从中心
驰开。江面上鸥鸟折腰
折腾。新太阳长跑，碾过
沙漏街。老年人咕哝道

“这不是进程。仅仅是

作秀……"混世魔王一转念
转世，在心理诊所里，披挂
白得更耀眼的袈裟。女护士
脱衣，演练临床戏，倾心
去模仿倾身迎合的节奏

加速度——间歇里电视台
又得以介入，又得以从一个
拉开窗帘俯拍的角度
导播趋时的肥皂剧高潮
乘客的影子踱过天穹
已经收缩进最后那一圈

在最后一圈，正午正要以
疾坠去对称。乘客换乘新电梯
就诊……迎面所见的不再是
旧日。医师魔王般搅散了
格局——女护士开门，展示
曼荼罗：细沙混同宇和宙轮回

(2001)

蟾蜍

远离监控般远离诗人的井底生涯
这癞蛤蟆，坐上显现出行星弧度的
大地头盖骨，更向往虚空里

金色的自由。而自由是不自由
自由的幻想性，牵扯于
行星的被迫运转：向心力沦入

命运之黑暗。那未必不同于井底黑暗
黑暗中诗人书写过黑暗
……黑暗中诗人，化身为他在

时代意识里洞见的黑暗：一副嗓子
一只癞蛤蟆，一个终于披挂上金色
飞升到高寒境地的蛙神

啊蟾蜍，却又被良夜映回了
幽深的井底。当诗人吟咏
当玻璃井栏边扮演妃子的广告女郎是

新一代嫦娥，月亮和月亮里
阴影的自由，监控般为事物

提供照耀，如同电视剧，为打发

日常黑暗而去搬演了黑暗的日常
它必然要给予你阴影幻想
那金色的，那自由/不自由

那跳离头盖骨意外住进了
嫦娥子宫的癞蛤蟆诗人
虚空里——不仅蹲坐着一个向往

（2001）

礼拜五

被召唤的……是那个召唤者。他胸中
一片月将他照耀；他想象的海域间
汽泡般升上水面的博物馆缩微了宇宙
博物馆显现的岛屿乌托邦敞开
码头，要迎候一艘锈铁船抵达

罗盘却指向另一个所在。他的心偏离
他进展到时间半途的旅行上演了
滑稽戏：仿佛军舰鸟，有如被风
从前甲板拥抱上尾舷高杆的一张
旧报纸，他的身体在速度中变幻

他的意愿——飞翔中倾侧
划出的弧线企图围拢别样的中心
别样的标志物，别样的博物馆
和一个别样的主角……哦现实
他的船几乎在转向中覆没，他的自我

被抛上了浅滩——被时代风格的
低劣诗作之塞壬猎获，而又被舍弃
在一座反面的乌托邦岛屿。这样他努力
去做鲁滨逊，去点燃篝火、拉扯大旗

去词语乱石堆砌的堡垒召唤/被召唤

那竭力呼喊中借来的句子是新的
滑稽戏;那回声就像被照耀的一片月
又将他照耀——要让他看清:尽管他
从不是食人生蕃,却仍然仅仅
　　　　　　　　　　仅仅是礼拜五

(2001)

作坊超现实

玻璃匠不觉得那是个差错
——他俯身裁划，闪电来帮忙
闪电把金钢钻引向霹雳
用一杆瞬间妖娆的三叉戟
掀翻斜挂的熟铁皮天棚

如同玻璃渣倾洒向玻璃
大雨仿佛……
　　　　　　却几乎不是雨
雷公回转身，轰隆隆折叠好
便携式嘴脸——那天边外阁楼
敞开的老虎窗，又探出换班的
九颗怪头颅，哗啦啦喷吐

龙的九种欲望和决心，九番
浇淋，一下就灌满了玻璃作坊这
裂口的玻璃槽——玻璃匠直起
腰——他周遭的世界
已经被蜿蜒、蜿蜒地剖开了

差错仅在于打量的眼光
浮法玻璃朝两边漂移将天象倒映

乌云舞剧团，彩排着霓虹
高蹈的幕间戏
　　　　　　再次去裁划
借来的壮丽……玻璃匠不想说
现实更甚，也依然是现实

(2001)

喜歌剧

翻卷的舌头里有一朵
小小的味蕾在鞠躬，有两朵
三朵和更多味蕾——曲体转向
扭伤了腰肢，像舞场老手们腾云驾雾
自一种节拍可疑的尖酸
去回望连绵的火焰山红汤

……渐远的老辣
沿大地弧形滑到悠渺那边的
　　　　　　　　　　　　烹饪
他扫过细嚼慢咽的目光又扫过饕餮
伸出象牙箸，小心把半条鱼
钓离蒸汽笼罩的暖锅

很可能他反而挟走了月亮。尽管
实际上，月亮正背向鱼和鱼刺
隐入厨房万千重油污。一小点
追光，映照一小碗水晶果冻……银匙
旋呀旋，意欲从圆润的
凝脂波尔卡，剜出一小口

腻滑扭捏的绵甜舞伴吗？这

粉面狐腰的夜女郎暗示:“假如你
记不住此刻滋味……”“那么
怎么样?”——他刚想要舔破
面前的月亮,一刹时辛苦
　　　　　　　　　　　蜇碎了舌尖

(2001)

幽香

暗藏在空气的抽屉里抽泣
一股幽香像一股凤钗
脱落了几粒珊瑚绿泪光
它曾经把缠绕如青丝的一嗅
簪为盘龙髻，让所谓伊人
获得了风靡一时的侧影

然而来不及多一番打量
光阴就解散了急坠向颓废的
高螺旋发型。等到你回顾
——折腰、俯首：几缕
枯发残留，是不是依然
以幽香的方式牵挂着

幽香？逝水却换一种方式倒灌
那仿佛已蒸发的容颜映像
随细雨潜入夜——看不见的
凤钗也许生了锈，也许
免不了，被想象的孤灯
照亮……去想象

所谓

伊人并非“就是”也不是
“似乎”，但似乎就是
诱人的气息刻意被做旧
你更甚于想象的幻想之鼻
深埋进往昔，你呼吸的记忆

近乎技艺，以回味的必要性
凭空去捏造又像幽香的
或许的忧伤——这固然由于夜
雨在暂歇处抽泣着不存在
这其实还由于：不存在的
抽屉里暗藏着过去时

(2001)

下扬州

发明摘星辰天梯的那个人
也相应去发明
包藏起迢迢河汉的天幕
他站在杂技场最高的天桥上
光着膀子，仿佛云中君
为下界繁华里一丝
寂静而低眉……神伤

他要令观望不止于观望
借一点灵光，他发明丹顶鹤
披上猎猎的防雨大斗蓬，他
出场——然而他栖落处
已不是扬州

然而他栖落处
一支军队正演习反恐怖
把全城的每一条僻静小弄堂
都当作下水道疏通又
疏通……却不料假想敌
竟来自空中……那个人
迫降，在旧世界唯一的

魔术舞台上——他声称有能力
发明仇恨，至少他可以
立即抖搂那被称作悲愤的
娱乐和激情。不过，一转脸
他已经隐没在看客们中间

不过一转脸他已经浮现
像有着七十二变相的政治家
顺带着发明了落日……忧愁
那个人收敛防雨大斗蓬
却露出献媚的粉红色肚兜
——新现实将被他巧妙地刺绣
并且他栖落处，已不是扬州

(2001)

导游图

余晖佩戴着星形标记像一个错误。像一个错误吗?
还没有尽兴的爬山新手们稍歇在四望峰,
听下面云动,滂沱一场雨。
他们要去的下一个景点更在天边外。

*

大雨让你和他只能在山前小旅馆玩牌。
门窗敞开着,没了生意的发廊姐妹时时来探看。
雾汽群羊做得更出色——从桑拿浴室里
涌进走廊,挤上双人床;
雷霆镇压咩咩的叫唤声。

*

借着闪电,写作者一瞥。
借着闪电我记起履历,更多旅程里我被运送着,读别
　的游记:
借着闪电有人从裹挟里突出包围圈,其中一个说“我
　已经湿了……”

*

攀登者决定把汗水流尽，
到金顶再把自己吹干或晒干。
他们后面的滑竿里窝着旧样板电影、乌云和乳房：
匪营长的二姨太发髻盘旋、盘旋向高海拔；
臭苦力肿肩，朝旗袍衩口里回望落日沦陷进地峡。

*

这不是诗。是累活儿。
石匠花费了多少轮回筑成盘山梯？
新来者攀上新三岔口，触摸深凿进凹陷鹰眼和
夜之晕圈的青石路标：
抵达乐园还需花费多少轮回呢？

*

但每一次回看像一座小乐园。
如果你打算把视线捆绑在叫不出名字的归鸟脚杆上
回看得更远，直至幽深……小乐园也许会翻转为地狱。

*

一天的等待就已经漫长得让人受不了。

新雨消灭旧雨，新希望成为记忆中振翅欲飞的旧
　幻想。
傍晚你和他终于厌倦了输赢、反复……
无聊牌戏幸好还可以变化小说：
——他打开台灯……你读导游图。

（2002）

时差

（在纽约公共图书馆）

拂开遮挡阅览的翅膀，天使下探身
却未能以穹顶画赋予的高寒理解力
读懂那个人
　　　　　　——他快速穿越了
宇宙调度员时间的心房，来不及仰望
来不及跟俯瞰交流视幻觉

仅仅在翻看到这页之前，那个人
俯瞰着，从更其高寒的九重天深究
下面的冰海：汹涌凝结如飞鸟不动
机翼掠过本初子午线重回了
往昔？探出舷窗打量新大陆
他降落在早于起飞的旧光阴

大理石英语整饬，透心凉
自千篇一律的表达回廊，直砌到
开启一半的透明。那个人也只是
猜对了一半：当他对知识的色情却步
在第五大道上扭腰，回头望
百乐门翅膀拂掠纽约的魅力春宫

一错眼那个人拐进四马路，要是他
没在意，一恍惚他就会抵达外滩
今日此刻刚好是昨日？而昨日之日
未必不可留……马路天使盘旋百老汇
又何曾听懂，那个人用他的上海话嗫嚅
外白渡桥头错过洋泾浜

　　　　　　　　　　于是那个人
过桥来到了哈德逊河畔注目流逝
玩味不相仿佛之仿佛。时间更以其
重现的差异性，为他翻过别样的又一页
水中倒影也映现穹顶画，那个人更疑惑
让阅览暂停——俯瞰交流仰望的视幻觉

（2003）

幽隐街的玉树后庭花

(3月20日,也许)

从来没有满足过,没有得到过
哪怕是一个欢乐的夜晚,或者一个
绚烂的早晨。

——卡瓦菲斯《欲望》

……反应不至于更加化学了——不至于
更加
　　像一枚滴酒入喉的胆瓶
把夜生活快递给夜色里薄醉的玩味之心
循环系统为循环循环着,其中有一条
横街叫幽隐,让你以为它联通奇境
——能把你带往下一轮循环,下一支舞曲
能为你从它拱廊反复的弧形变奏里
变出你要的吹弹夜女郎……
　　　　　　　　　　　　但是你没摸准
从减肥直至瘦身显露的肋骨琴键里
跳荡的那个键
　　　　　　呜咽的那个键
被暧昧地撳下、机关旋钮般打开众妙之门的
那个键:她润滑得让你一下子抱紧了满怀闪烁
她的多姿却抽身到一边,用媚眼儿瞅你

能够从满怀里掏出多少豪兴和小费、柔情和
冷血、玻璃耀眼的曲颈胡芦里
浮出金酒的刁钻和魔幻
——她腰际的迷魂调
晃悠调音师;她兑进过量汗液的龙涎香
令自我晕浪
令胸襟间巡航的鸣唱之舰
真像是浮泛于巨澜大波,而不是在一家
实验室改造的夜总会里,在反应失措的
欲望实验后休止、去停靠……于是你不知道
该不该攀上音高桅顶,去拂掠和撷折,取悦
即兴——那还算不上一种激情吗?如果你
泡她,就更不是激情
实际上你被她泡进了
新配方,氛围大师的茉莉、罗勒、菖蒲加风信子
合成又一款空气之痉挛
“那才叫飘渺呢
……纯粹靠化学!”谁又能判断,这不是一句
玄奥的广告诗?这不是手机在轻叹或
挖苦?然而她继续发她的短信——“也许
明天。也许——永不。”歌喉揭晓最后通牒
“反正不超过某个此夜!”——反正在循环里
谁不想寻欢?谁得以寻欢?谁的反应将
更加化学呢
门捷列夫曾经走错过一间实验室,曾经因

目击

　　　吧台上横陈的死之艳丽
猝然晕厥了……眼前一抹黑向着繁星鞠躬
那一瞬，真理从迷醉的音乐里揭幕
炫耀元素的周期性金链。物质的白颈项
佩戴着金链——“这金链会把我
装扮确切的狐媚表达为
疑虑和猜测、试探和掂量……”
　　　　　　　　　　　　　　你假意踅摸她
胸饰的时候，夜女郎起伏的欲壑毕现
看上去多么像
　　　　　　　横街幽隐处显露的
幽隐——“再也不必用辞藻隆乳……卷起
两堆雪。”……纠缠接近了夜半消溶
摩登按摩灯，多多关照着夜女郎奶帮上
仿佛标志的那粒朱砂痣
“噢哟那的确标致之至！”那的确刚好是
频频迷途于波峰浪谷的海军陆战队欲望的
　　　　　　　　　　　　　　　　　　　星
你要以玩味抚慰深究的——却仿佛心！几乎比
玩味更值得玩味
　　　　　　　　几乎比化学更加化学了
比门捷列夫溢出其实验性，对象棋残局的
红蓝之变，更成为酒吧剧场里反战的
戏中戏、烧杯涓滴的意愿试剂、洗钱魔术里

微妙的轮盘赌……甚或一记钟震颤幽隐街
那塔楼暗自赤立童然，将消费后残余的音屑
收回，如垃圾筒回收空瓶、易拉罐……
　　　　　　　　　　　　　　　　退潮之血
再也不起浪，直到她两腿间开合的渊薮
涌现又一座盗版乐园
　　　　　　　　　……全靠着化学，靠
职业技巧的海市蜃楼，夜女郎翻过身
以仿佛纯熟的纯属无意，显露不必再隐瞒的
沙场——“每次我都要将它生下
每次我都唤它作黎明。”——每次黎明
都叼着保险套顶端涨满的乳头顺势
被拽出——黎明咬破这
　　　　　　　　　　化学制品
一架歼击机干掉残月，好让你如胆瓶
把黏稠浇灌进
　　　　　　深喉里豁然的白昼……哦白昼
——吹弹夜女郎白白奏弄了，很可能只不过
凑弄了一番。因为，电视台新闻打开了模仿现实的
现实——主播者念错否？“巴格达人民
绝不被白揍！”并且当夜女郎收下人民币争辩说
“未必！……败走不刚好是
战争最不化学的方程式？”——那循环如
　　　　　　　　　　　　　　　　　世界
再次裸呈寻欢的非礼性。谁又不知道它的

非理性

　　　它全球化的地域色情里永恒的地狱
却已经不再是实验室改造的夜总会政治
如一线阳光,足以让夜女郎面目全非
她从化妆间返回那一刻,空气中馥郁的
春宫之香失守于硝烟——报道和抗议的联军
穿透幽隐街直取了中午的瞬间公正
“斥那伊讲伊戆伊讲!”一记钟
　　　　　　　　　　　又敲响
你的反应——令它不至于更加化学了……

(2003)

应邀参观

一个影像是一项邀请。

——苏珊·桑塔格

于是就搁下奇思异想着光阴的相册，
跟他们一起去看个究竟。
　　　　　　　　　　那晚上下雪，
桃花源被冰封藏进水晶罩……
斜穿过快速隐没的林间路，
一辆马车如他们的忘怀，并没有
驰来，或小驻于记忆的想象之境；
它铃铎的微颤却还是借助风，
依稀拂弄了 YADDO[①] 几乎刻意的寂静。
幻听着旅人途中的低吟，白色之下褐色的
三月，被一个旋律轻轻搅动着——
“还要赶多少路才能够安歇？”他们
不搭腔。华灯从幽深处打开新境界。
仙子颜如玉，因为隐身于老式爱情吗？
客厅几经蜿转后展现。她透过镂花镜
将他们摄入——她安排他们
啜饮闪烁于盆栽阔叶的室内乐甘露。

---

① YADDO：美国纽约州小城 Saratoga Springs 的一个艺术村。

酩酊为他们摇曳仿童话。每一重门户
则可以仅靠着寻常言辞反复去推敲。
数幅山海图勾勒乌托邦，卷帙间瑶池
掩映漫游者渡越的意愿和
濯足之探——那口大浴缸更值得在意，
它归结得恰好，在走廊尽头，
提醒世界无暇地搪瓷化。谁要是
撩开它二十四小时热水蒸腾的雾气帷幕，
谁就会看到，绮窗外雪的戏剧
净化着，七个小矮人陶醉，更醉，
以他们的茫然追随漫卷的超现实公主……
然而不打算继续下去了——自他们
过多的惊羡里转身，到黯然处
摆弄错放在大理石裸女和
青铜鹤鸟之间的电视机。对于仿童话，
它像个童话；对于每一间提供好梦的
理想之屋，它是否现实？荧屏被
雪花干扰了片刻，显露出掀掉披巾的脸
和揭去防毒面具的脸……花容
转阴，——水晶罩里的颜如玉仙子
又待如何呢？
　　　　　　于是就搁下
　　　　　　奇思异想着光阴的相册。
刘子骥安歇，“……遂无问津者”！

(2003)

幽灵屋避雨

春雨骤降，敲打马场边弃用的小别墅。
鼓点一阵阵紧密，招魂某个赛季，
让快步到廊下暂避的过路人，
又听到汹涌的众口一呼和哗然溃散——
最不被看好的那匹追悔，
为夏之迷狂赢取了一致的追悔莫及。

*

眼前没什么可以洗刷了。马厩里
仅有些黄沙，跑道上黄沙化土。
空旷以空旷容纳着空旷。
唯一一棵树，甚至把曾经
绿满枝头的每一枚钱币全都给输光。

*

但是它虬曲着尚未枯萎的这份好奇心，
仍想要庇护和欣赏那
一半公开给荒芜，一半朝地下扩展的
赌局：会员制蚂蚁却不能阻止
雨的空降师

大开着霹雳探照灯入侵……
负重争先没改为冲浪，
——驱逐令用漂泊结束了游戏。

*

……过路人去寻访别墅幽灵……

*

事件剧因事件沦为经典。最后的台词，
在胡桃木梁上缠绕了多少年，
由一粒蜘蛛吐露余韵垂挂到厅堂。
重新排练，则几乎是楼梯把初衷转折，
让犹疑——犹疑着攀上相反的高度。
在那里，一副望远镜依然从老虎窗
注目马场，放大即兴导演的细节。

*

又过去多少年，在一张露天早餐桌边上
他读到报导：赛事意外和马场颓废的
机关布景按钮被找到——就像一个词，
被一派言说遮蔽又烘托；
像无数马蹄踏碎，一起朝空无冲刺……

*

然而过路人提速想象缓慢了这场雨。
透过望远镜看到的雨滴近乎水晶球，
核心里有一只虹膜映现马场弧光的
变形马眼，对视过路人眼中的侦探。
——幽灵液化于稍纵即逝，不让他
有可能再次走神……又回过神来。

（2003）

梦不属于个人

七块门板就像他度过的任何七天。
他纯粹的一生，在每个七天里循环周行，
直到轮回将他变成了另外的他，
继续在月升时上紧门板，月落时卸下，
打开，让摆放烟纸和松香的木柜台，
正对不变的青石栈桥。栈桥外水雾
弥漫浩淼的世界尽头。

　　　　　　　　　　他总是在柜台后
遐想到瞌睡，被苍蝇盘旋的核桃脑瓜里
盘旋着蝴蝶梦，招引追逐鳞翅目幽灵的
标本采集人——洲际旅行者不期而来，
胸前一架足以摄魂的数码相机，
代替了腰间捕风的尼龙网。镜头，捉影，
却刚好把悠久的现实之蛹

　　　　　　　　　　　　幻化作翩然。
这让他迷惑——自己是否醒来过一次？
他的涣散，则再次以猜测聚焦疑问，
打听世界中心的消息。“那不过是一间
普通书房”（镜头被旅行者缩回相机，
如同梦出窍，试探了星空又重返黑暗）

“一盏白炽灯，收敛语言和

真理之光。

在那里月升，接着月落，——典籍
因为被反复翻阅，获得了循环周行的
结构……”他听见他正在喃喃自语，
七块门板和他的木柜台，遥相对应世界之
空：“这设定于书房里摊开的典籍，其中
诗行——全都在一次瞌睡里写就……”

(2003)

全装修

诗是这首诗的主题

——史蒂文斯《弹蓝吉他的人》

1

来自月全食之夜的沙漠
那个色目人驱策忽必烈
一匹为征服加速的追风马

他的头盔显然更急切
顶一篷红缨，要超越马头
他的脊椎几乎弯成弓

被要求斜对着傍晚的水景
上足了釉彩的锁子甲闪烁
提醒记忆，他曾经穿越了

浅睡和深困间反复映照的
火焰山之梦，他当胸涂抹
水银的护心镜，把落日之光

折射，如箭簇，从镶嵌在

卫生间墙上这片瓷砖的
装饰图案里，弹出舌尖去舔

去舔破——客厅里那个人
却正以更为夸张的霓虹腰身
将脑袋顶入液晶显示屏

2

一个逊于现实之魔幻的
魔幻世界是他的现实
来自月全食之夜的沙漠

在帝国时代①里，他的赤裸
被几番无眠黄袍加身
茅庐变城邦……一枚银币

往返于海盗和温州炒房团
之间的无间道——重又落入他
抽离内裤，赶紧去一掬虚无的

手中之时，那个人已经用
追风马忽必烈装潢了赤裸

---

① 帝国时代：一款电脑游戏。

锁子甲闪烁，高挂于卫生间

浴缸的弧度则顺从着腰身
而一抹霓虹斜跨人工湖
没于灯海，令夜色成

夜色笼罩小区
　　　　　　令一番心血
不会以毛坯的名义挂牌

3

这情形相当于一首翻译诗
遛着小狗忽必烈的那个人
将一头短发染成了金色

他如何能设想他被设想着
脑袋退出了电脑虚拟的
包月制现实，并且用赤裸投身

超现实，镶嵌进卫生间墙上
这片瓷砖画装修的悠远
披上浴袍像披上锁子甲，凭窗

望星空，构思又一种

魔幻记忆——他曾经穿越了
浅睡和深困间反复映照的

火焰山之梦？或许他只不过
自小区水景和不锈钢假山
择路返回。这情形相当于一首

翻译诗：它来自沙漠的
月全食之夜，不免对自己说
——天呐，我这是在哪儿

（2004）

奈良

往高松冢的路上如梦
樱花树下时时遇见花鹿
歇脚在一边翻看杂志克劳斯如是说

　　世界末日之际
　　我愿正在隐居

坐到法隆寺殿的黄昏瞌睡唯美之迷醉
又有铁铃铛叮叮
送来想象的斑鸠

　　走马观花一过
　　即为葬身之地

(2005)

电影诗

如果到了未来
记忆还能够升起一片月
照临往昔
　　　　也就是现在
让一线斜阳把下沉式广场的虚怀收紧
缩成情人座，你会不会又一次
放大了瞳孔？——因为你依旧
被电影最初的那阵子黑暗抱得太热切

电影要映现的，却是另外的想象方程式

电影不打算再去收紧，它只要
看电影的两个人成为唯一
当情人座在电影渐渐松开的明亮里空旷
那唯一的人，一半还勉强
守住又可以自由的身体，还有一半
早已在下沉式广场的欲望里化开
放起了风筝——镜头于是从天边外俯冲
快推过道道锋利的屋脊像掠过层层浪

　　　　　　　　　　　　　　　　你呢
从贪恋的狂吻里挣转来半边脸，鸟一样侧目

故意将月下滑翔的翼翅全看作山梁

“在那一侧”

　　　　　　　你飘扬着一半漫卷的身体说

“有几枝荆棘花闪耀着闪耀……”

它们莫须有倒刺的茎秆

会不会勾连唯一的那个人缠绕的视线？——所以

　　　　　　　　　　　　　　　　　　　你

在情人座里调整了一个更忘我的角度

好让仍属于自己的这一半

慢一点看电影快速进展于时间隧道

唯一的那个人

　　　　　　　　如果把情人座装修在一辆

空调大巴最靠后的高坡上

让你能更放肆，偃仰在车窗的宽银幕前

那么只要一穿过隧道，你和你就都能如同电影

从现实攫取的记忆里看到……那闪耀

止在闪耀着……

　　　　　　　　　并且，如果

　　　　　　　　　到了未来

记忆还能够升起一片月照临往昔

也就是现在

你和你也只能就是那个唯一的人

像穿过时间隧道般又穿过下沉式广场的电影

“在那一侧——

有几枝荆棘花闪耀着闪耀……”

（2006）

童话诗

被将来的夜雨洗了好几遍，在废旧车厢
锈红的那一侧，粉笔字早已字迹模糊，
却反而勾勒出清晰的腔调：
　　　　　　　　　　　　“胖子下班了，
　　　　　“多么舒服呀！”

要想再一次确认这声音，目光先要
从废车厢移向小站砖墙上挂着的灭火器。
灭火器下面，长条椅空寂。这个胖子，
虚幻地舒服着
粉笔轻描的身形轮廓。

　　　　　　　　　　胖子是透明的，
能够把臃肿于繁星的一整个通宵
慢慢咽下去。
　　　　　　　但胖子有点乏，他仅仅
把启明星照例像黄昏星一般别在了胸前。

……他的徽章也成了他的灯，
引着他打一个冒出猫形白汽的哈欠，
迈过小铁门拐进了幽深。
　　　　　　　　　　　在他身后，

火车忙碌得越来越隐约。

远去的轰鸣正被这隐约载往寂静，
要不是轰鸣以另外的隐约踅出小铁门，
像若无的追光追上了他，
胖子的前方，大概就不会有
一阵阵放大声量的犬吠……

可现在，狗又到村头又跳又叫，
空气震颤，一轮月坠进了半轮
村后的丘山。
　　　　　　胖子嘟囔着他的八字步，
让声音泛白的泥径蜿蜒，穿过他

粉笔框出的空心身体，去抵达世界
本来的疲惫。那便是胖子下班的
舒服了：一轮月抹掉半轮丘山，
为了弥漫开漆黑的穹隆。
　　　　　　　　　　胖子也许就

歇在了那下面。
他趁着屁股缝裂开裤子的凉快和滑稽，
蹲在了那下面——
他借着有可能抹掉自己的痛快和滑稽，
用粉笔把自己涂写在夜雨将至的那下面。

（2006）

旅馆

我在旅馆里写一座旅馆
我躺在你身边等待着你
嘴唇亲吻，舌头舔舐
牙齿咬啮手不被允许
手将要伸过去
打开更幽婉的另一个房间

另一个房间另一支乐曲
天堂的邻居放弃了永生
有人仰面，星光灿烂
看你转侧时间的拐角
你伫足去探问
用柔情俯向顶窗的半透明

监控室并置一面面荧屏
上演走廊里空寂的戏剧
电梯静候，门卫熄灯
梦里夜色被换成白昼
醒来的又一天
又一个房间我依然等待你

我在旅馆里忆一座旅馆

我躺在你身边遥想起你
嘴唇说出,舌头眷恋
牙齿没了心还在咬啮
心也会跳不动
你推门走进来倾身俯向我

(2006)

译自亡国的诗歌皇帝

搁下铺张到窒息的大业：那接近完成的多米诺帝国
一时间朕只要一口足够新鲜的空气

*

而突然冒出的那个想法，难免不会被激怒贬损
——万千重关山未必重于虚空里最为虚空的啁啾

*

声声鸟鸣的终极之美更搅乱心
拂袖朕掀翻半辈子经营的骨牌迷楼

(2007)

大客车上

幽梦电话把她从空调房拨进了峡谷
八月的呢喃一阵阵炎热
你耳蜗里螺旋器慢转一枚月亮凹面镜
隐约有弧形的蝉鸣在熄灭
以心脏坠入虚空为代价，你乘坐的大客车
疾沉，旅客们恍自瞌睡中坐起
信号中断了，他们已驰入海拔更为阴翳的涧底
转出山口，你才又听见她回忆初见大海的一瞬
而你吃惊于意外也就在此刻照亮出窍的灵魂
大客车一跃，闯进了乌云悬幛间排列的阳光阵
格萨尔幻化亿万枚凸面盾展开青海湖

*

你尝了尝浩渺分泌的盐
你电话的舌尖，舔醒千里外一场回笼觉
湖，你说，以前是甜的
镜面映现星辰良夜，越来越明亮的黄昏的雨
倒影里反复落日云霓和争航的楼船
她企图瞥一眼你的红尘
光身子下床，卷帘西风
那该是内倾力，想象朝遗忘的又一次坍塌

要是你，不再像宇航员探测她的人间消息
……那么辛咸将如何说出呢
青海湖面涨至耳际，甚至隆起了你的头盖骨

(2007)

归青田

（纪念记忆）

整个夏天，临睡前去铺开
被汗渍渲染得更老的篾席
再把盔形罩锈蚀了半边的那盏台灯
也移往滑爽的打蜡地板，摆放于
篾席微卷起破损的那一头

他躺下，就着灯，展开一册
《聊斋志异》——望夜里干脆
就着满月
　　　　边上，他儿子喜欢看
玉兰树和长窗之影从墙角到天花板

他读一段然后讲解，朔弦明灭
语调各不同。浓郁之晦里
他儿子听见狐妖们踮脚轻点屋瓦
另有魂魄，凄然转过弄堂暗角
脸色纸一样，到水边幽怨

接着是另几个眉月和盈月夜
另几个亏月跟残月切换，枕席之上
他娓娓，演绎更多非人间故事

为了强忍住一个呜咽，为了用他
所有的诉说，不去诉说他母亲的姓名

又一个夏天来临，儿子已到了
他当初啮心压抑悲愤的年纪
凭着栏杆，两个人翻看一册旧书
端详着，终会显影于遗忘暗房的
颤栗的底片

——当这个女人
在早先的夏天突然发了疯
从自己的姓名里纵身一跃
沉进河塘，像要去捂紧油亮水镜里
漩涡一样无限收摄高音的喇叭

死和火红的黄昏之上，有另一只喇叭
重叠于落日，仍然在倾洒
喷射拉线广播的烈焰，半枯焦了
野田禾稻、运河与沟渠……穿过
这个女人的道路，入夜之后没于无声

唯有萤火虫把冷月领进了死之黑暗
于是，躲避满城持续的喧嚣
他重温母亲早年向他授受的传奇
恍惚两栖于阴阳世界。梦中之恋

天亮后幻化成光阴的废墟

　　　　　　　　　　　而现在
从那册《聊斋志异》里，他找回
依稀于母亲所有前生的照片一枚
背面一行字，只为他儿子倏现即逝
重慈：归青田……隔世情人并逆鬼

（2008）

退思园之镜

现在全都进来了他们拥挤空的戏剧。

回廊蜿蜒又被蜿转;路径交叉,分岔香樟直到枝桠。

直到梢头,卵形叶片错综叶脉。

透过漏窗,游客张望漏窗那边他们张望的水中倒影。

任兰生用一生换一座园林,为了把一面镜置于其中。

他知道他必须攒敛何止十万两银子,才配在园中吟清风明月不须一钱买。

他知道意欲深隐镜中,就得朝离镜更远的方向退思。

现在,从每个方向他们都逼近,几只电喇叭,导游同一种声音镜像。

每个方向的每位游客是相同的他们。

任兰生未必张季鹰之辈,油焖茭白跟鲈鱼莼菜倒是能做伴。

于是，他儿子置镜于菰雨生凉轩映照那退思？

游客远征军现在却占领了镜前竹榻，他们的战利品，是一样背景的一帧帧照片。

镜子映现同一张镜子脸；镜子脸皱起面对春水。

睡姿幻想的幻象则迥异。

任兰生用一生换一座园林，却没有来得及匆匆穿越这座园林。

他甚至不曾在镜前竹榻上占有过一个夏日午后。

他更不曾在镜前竹榻上占有一个夏日午后去梦见，同一座园林是另一座园林。

在同一座园林或另一座园林，现在，游客于镜中串演幽媾戏。

他们拍留念照，揽导游细腰，或者让导游帮着摁快门，左搂左抱他们的风月。

镜头之镜收摄了念头的一闪而过吗？

当那面镜子由儿子架起，他父亲的一生就成了镜像。

任兰生用一生换一座园林，那园林之镜，说出他向度相反的历程。

他远在天边外思退的进路，被一匹奔马掀翻，阻断于天边外。

而现在他们也全都退出了，空的戏剧再度被抽空。

他们随手一扔门票，不须一钱如何买得清风明月归？

(2008)

题《题破山寺后禅院》

耿耿于眼前有景道不得，欧阳修从怅惘发展出一种恨。在青州山斋，他也有竹林、曲径和远钟，微微倾斜支起椭圆形镜子的水潭，花木浓荫里被筛选的阳光，潮气散不尽的泥地，铜绿锈蚀青苔，几枚亮斑，显露钱币大小的黯淡，而可人如袖珍滑翔机那般的蜻蜓，停落处便成了又一个幽处？这恰好他意欲的那联诗境。但不是他的，是常建的。

他几乎一辈子都想着捕捉十来个字，好让自己像百事可乐对可口可乐，科研出一个仿佛的配方，并不青之于蓝，也好蓝之于红。不意间，他平生想见而不能道以言者乃为已有，常建信笔一现的终极物景已在眼前，欧阳修竟尔依然莫获一言。他自称其怀不得，那么他晏息的山斋，也终于不会是他的。而常建偶然探访的古寺，立即就归于常建。当欧阳修题写青州山斋却仍难遣终身之恨尔，青州山斋也归于常建。

现在，大雨一夜后初日嫩艳，我们入兴福寺，架一张桌喝茶，吃松蕈面，听周遭跟鸟鸣相混的麻将。要是麻将代替钟磬，也助人觉悟吗？但是没有谁还能从后面禅院里又一次寻得寂虚的胸臆了。我们只是对东院亭下的那块碑更有兴致。研读之际，我们有尼古拉·普桑《阿卡迪亚牧人》的造型。从摹勒笔划俊迈和警策的那番抽象里，我们知道，常建的诗境也归于米南宫，也归于穆大展，那么，为什么就不归于常喜诵常建的欧阳修呢？穿过一棵古香樟树的如盖阴影踱到寺外，我们大概设想了，我们会拥有怎样的诗境。

（2009）

影像志

暗场。女领票员拧亮了手电
宾努亲王频频颤抖，颤抖着鼓掌
新闻简报：毛主席高龄横渡了长江

人造卫星掠过电影院上空的白天
观众们各就各自的黑昼。江青同志
陪同尼克松，观摩芭蕾舞剧的革命

有人更去摸索，探向邻座裙底
女领票员又一闪手电。林间
空地上，吴清华跃起世界翻了身

*

他把自行车骑作摩托，又把摩托
开成一艘湄公河上的美军快艇
蛤蟆镜映出刚刚缴获的钢盔和迷彩

他曾在假想的岸上跑片，两边街景
改变了向度。他曾暴走于背向观众的
银幕反面，愈益从终场的豁然大亮

回溯暗和黑，反潮流乱发混杂着藻饰
——只要他稍停，就顺势被冲走
电影院就响起另一部片子的另一支乐曲

*

那时候跑片未到，两个人中途
退场。两个人眯缝眼回避强光
散漫于整个世界的迷惘

两个人想去烟纸小店，不想
拐进了工农兵公园。小树林筛选
正午的喧响，枝条编织秘密的海

波涛嫩绿翻卷星图，天琴渺远
奏弄屄屌。完事后两个人又能听见
水泥电杆上喇叭广播庄严的沉痛

*

盘旋的胶片要不是噩梦，其中所摄
就不是废墟蜕卅又一层蛇皮
哀悼周里，一面黑白影像的

半旗，未朝迸裂的大地鞠躬

但却下降了水晶棺里的冰点刻度
直到仿佛，伟人的身体和主义被保鲜

直到黄昏，观众散场的意绪和步伐
还没有因为刚刚变空的银幕而全醒
即刻就混进巨蟒迷彩的游行去狂欢

*

另有人躲到自我里狂欢。另有人
看毛片，背叛毛思想，勃然雄起了
德育导师……另有人撤离自由化广场

将无政府本能，放浪于器官的
一夜夜集权。而当记忆也告撤离
另有人从头越唱起谋幸福？另有人赶紧

私通未来？他和她再相会
在工农兵公园的婚姻大卖场
款睇款情，各自奏弄自家的儿女

*

现在，撼及余生的余震又摇晃
大半座电影院屹立的颓废。压低的天空

依然掠过人造卫星，定位着广播

泪眼镜头筛选的感动……半旗
现在被扬到了最高位置，去翻卷
大地翻覆的翻身形象。跑片人依然

缠绕在无数旧胶片深处，从秘密
片库里，他奄奄一息的最后呼救
现在，总算撼及，源自历史纪录的震颤

*

一千公里外，又一千零一日。两个人
赤裸，褪身于新买的家庭影院
两个人回头看，液晶宽屏的高清镜子里

照样有两个人，喘吁未来的此时此地
照样有两个人相互暗场，照样各就
彼此的黑昼，发动身体如欲望摩托

像湄公河上的旅游快艇。或许两个人
恰在河上，任流水银幕打湿了屄屌
自我的毛片里……两个人照样款睇款情

(2009)

说出咏雨之诗的时候……

说出咏雨之诗的时候
在便利店门口，谁又能想到
一场雨之后还会有一场雪

那个雨中回来的幽灵
雪中已经成了我自己

我正回来，相对于伫立雪中的人

（2010）

桃花诗

今天也已经变作往昔

——小林一茶

总有一枝不凋
忆想起，冷雨一鞭鞭
狂抽过后的桠杈之空

尽管空也能幻化桃花
脑穹隆下顽固的不凋
却是被痉挛的思维

催生出疼痛
骨朵欲望的不止艳红
不止开放般蔓延的血

这摇曳的不凋臆造
武陵人，缘溪忘路
曾经访得完美的往昔

他的奇遇，有赖一瓣瓣
梦见了他的桃花之念
在你头骨里无眠着不凋

一枝所思又奈何武陵人
只一天尽享无限桃花
并不能死于沦丧时间的

好的绝境。武陵人于是
坠入此夜，重新忘路
斜穿大半座都市的忧愁

他站到一树经不住冷雨
反复虐恋的乌有底下
承应你颅内

　　　　　他的桃花
正因疼痛而一枝不凋
正因疼痛，你臆造他

为你去幻化
仅属于你的无限桃花

（2010）

莫名镇

一条河在此转折
　　　　　　　就已经造就了它
何况还有
两岸水泥栏杆的粗陋

剥落绿色的邮政建筑也足以
构成它
　　　再加上两三棵树
荫阴里停着大钢圈自行车

小银行则是必要的设施
玻璃门蒙尘，映现对街
蒙尘的学校
　　　　　广播在广播
广播体操反复的广播

另一些影子属于几个人
不愿意稍稍挪动自己
在桥上低头看流水
在家庭旅馆的椭圆形院子里
看一盘残棋浮出深井

百货铺。菜市场。剃头店
网吧幽黯因为从前那是个谷仓
从电脑显示屏颤抖的对话框
到来者跨出，来到了此地
他其实不想找在此要找的，正当
这么个时刻……这么个时代

(2010)

谢灵运

永嘉山水里一册谢康乐
尽篇章难吐胸臆之艰涩

他郁闷便秘般晦暗的抒情
贯彻了太守唯一的政策

他用那欲界仙都微妙的词色
将削他头颅的刽子手抵斥

他比他假装的还要深刻
还要幽僻渺远地跋涉

好赢得还要隆重的
转折

　　夕阳为孤屿勾勒金边
凸显于暮色天地间浑噩

（2011）

顾阿桃[①]

经过冷摊瓦覆盖廊棚的中市桥
你看见她经过你
叶群的顾妈妈
捧图画讲稿，踏水泥船头
脚下是还没有变黑的河流

经过五角星门楣的新华书店
你看见她经过你
许世友的顾妹妹
胸佩像章，披印花兜头布
上面是三叉戟划破的天空

经过后你依然看见她经过你
碰翻文革瓷杯具里腾腾的热茶
毛主席的顾标兵
没弄湿领袖，弄湿了衣襟

---

① 顾阿桃(1914—1998)，江苏太仓沙溪人，因不识字而请人画示意图提示宣讲毛泽东思想，被叶群发现树为标兵，并得许世友等人关照。1966 年受邀参加国庆观礼，在天安门城楼送给毛泽东一份她的看图讲用稿。“文革”时期颇为风光，“文革”后日子贫困，常在街头叫卖冷饮。

不够本钱摆弄蒙尘的红色假古董

她背起冷饮箱叫卖着经过你
呵斥你对她揌下的快门
沙溪的顾阿桃
躲着大太阳，喊一声口号啊棒冰
啊棒冰！用一个寒颤突然经过你

(2011)

无解理

（五十岁生日）

每当此刻，托起水晶球
让一束平射的黄昏之光
透过西窗刺入

将虚空抽象为抽象的虚空

天象于是为之转折
如那束光，并未受阻
却折转灵视

升起星夜坠落了词

室内剧里，有一个相反的
此刻逆行，水晶球迎向
透明对面刺入的光

一无充注也充注着一切

风，正吹，吹弯世界意志和
照耀。未卜恰是寻常的运程

每当此景，裂碎水晶球

没有谁会去理解无解理

(2011)

新疆

这样的一天。他感到
夕阳沦落依然汲引已逝的清晨
净水杯里,世界之初一动不动

如果,他心想,没有谁在意
行星自我轮回的曲面
那也就没有谁重返往昔

推开窗他看见
楼下的市场街通向郊区,直到
纯粹光芒纯粹幽暗的无视之地

世界之初依然轰鸣然而寂静
于是他返身拿过那杯水
愿意用每个未来的这样一天

换取第一次唤起新疆之前的此刻

(2011)

赠给一部长篇的短篇

无心再读小说的时候，会否
仍有

　　满城期待故事的听众
围拢锥形笔尖的飞船

它就跌落在郊区早已沙化的地带
懂得如何杜撰的宇航员

及时坐在了叙述学中心
　　　　　　　　　　当我

从登月舱迈出历史一大步
玉兔、桂花树、广寒宫和人立的

蟾蜍，还在以阴影的方式投射
还在将清辉用作依据，并且映衬

清辉对一切阴影的明澈。这就像
演义，章回接章回

关键情节过于传奇，必得要

更其梦幻的诗句来证实

而我失重于环形山上
我每一次艰巨的凌虚高蹈

在无何有真空，都踏破人长久
没收芳馨悱恻[1]的但愿

现在，只剩现在了，当我从
登月舱返回本地，会否

　　　　　　　　　　仍有
焦虑于无限现在的听众问

梁启超倡言诗界革命，意思也无非
不可不先新一国之小说[2]

(2012)

---

① 梁启超《饮冰室诗话》第一则云："我生爱朋友，又爱文学，每于师友之诗文辞，芳馨悱恻，辄讽诵读之，以印于脑。"

② 梁启超《论小说与群治之关系》："欲新一国之民，不可不先新一国之小说。"

为题作石榴的本子而写并题写石榴

被象征的意愿先于象征

然而，九九零年和一千年之间
她在宫里的某一天，伊周送来过
好大一个纸本

"可否用来写点什么？"
"要我就当枕头来用。"

睡梦跟失眠里，就都翻覆莫名的白浪
直到每一叶，全溢满
只剩下初秋

*

那种天气，再不用多愁
秃头皮装潢弧面的果子可以为证
一千年后的另一个伊周送来过一只

已经裂了口，能看到
翻覆于内部更莫名的鳞浪
流动着沟回

“可否用来思想点什么？”
“要我就当玉宇来用。”

被象征的乌有先于象征

（2012）

阙如

于是就不妨付之于阙如

随大地慢转的茶盘上空
罗盘正探测
昨夜星辰昨夜风
可以有多少此刻的向度

惜珍换用更袖珍的茗杯，好让人更迟疑
更不情愿，量去时光里静止的流水

朝峡谷深处驱赶白花花羊群的放牧者
穿越子午线
　　　　　一叠叠雪浪卷起了云头无数绽蕾
　　　　　从出海口轰隆隆排到天际

那儿，一个词被发明
词的词性指向其所是

*

那么又何妨释然那阙如

从江岸欲坠的塔楼高窗
一眼望出去
孤帆远影碧空尽
可以有多少此刻的挽回

佩在腕上的时光
　　　　　　　　左侧，半轮夕阳飘移过来
右边，酒精消毒棉擦拭天弧蓝悠悠的透明度

对位的必要性，是否还想让幽兰也发红萼
在凄清的地球表面，无辜的产科医院表面
沧桑的茶盘又转到同一个钟点的表面

那儿，一个词被发明
词的词性指向其所是

(2012)

噩梦

（来自李青萍的一个画题）

还能接续记忆；还能从连贯起来的记忆
趔趄着，迈向通过台，去查看镶在车窗边上的
行程时刻表——未来已经被精确规定。每分，每秒

正当火车头轰隆隆撞碎，车厢摩擦得星光发烫
道岔旁的另一惊醒者，也刚刚挣脱没鼻的泥泞漩涡
回到了夜半安稳的床榻，不用再忍受，自己发出的阿
　鼻尖叫

但他们仍心悸；他们以重返现世去刻意忘掉的
同一个梦中人，此时画完了当天的构图，在地球那端
　昨日
睡进风暴眼午后。她会又梦见他们，又梦见他们把

他们梦见的往昔，跟梦想不到的往生接轨
他们的时刻表，靠她幻视的速率来制订
他们并且猜都猜不透，是怎样的一只手

会去扳她的无意识道岔

（2013）

剩山

（来自关晶晶的一个画题）

一个词补天，一些词奔赴
从百万亿光年的此刻远方
灰洞替换黑洞
几枚硬币几粒斜阳
在棋局的戏剧宇宙里无向

也没有了烂柯旁观的樵夫
废墟维修部邋遢的柜台上
电视机北京[1]依旧在播放
雪花点翻译的大爆炸消息
星云冷却于气，诗行

聚合，虚空浑成孤寂的
五色石。裂变之下，航天舱
倒扣，山顶洞人的石斧铭言
还未及风化。未来，即洪荒
无限记忆跟万古愁相忘

（2013）

---

① 1958年中国试制成功第一台电视机：北京牌820型35厘米电子管黑白电视机。

木马

（马年元旦写给小曼）

上不紧发条的礼拜天慢转。浦江轮
烟突，喷吐棉花糖云朵和大白兔
锈斑点点的长耳朵旋钥
还不够炫耀
　　　　　　　两只氢气球假想
红眼睛，从旧洋房三楼的露台
升腾，半空中回头看
拖曳陈伯伯去公园骑木马的
开裆裤弟弟，小麻雀喳喳嘁嘁
围绕追随勃起来直指欢乐的小鸡鸡

从前，桅杆上，捆绑过一位智勇叔叔
回乡的奇幻航行间，他刻意让一匹
内置危机的木马留驻于欲望的胸襟
豪饮般倾听诱惑之鸟的迷魂调琼浆
他真正的眷恋
是未曾被战争戕杀的过去
　　　　　　　　作为疮痍后新生的未来
而他最终相信的爱情里，有一台织机
惦念之梭往复，他的船泊靠
纵横帆旗帜改换云天的锦缎河畔

并没有讲完的这个故事，多少年后
在另一个星期天，因为另一座
空寂无人的儿童游乐场又得以杜撰
正当我和你，历尽各自不同的往昔抵达
此刻，要以眺望，回忆我们共同的起源
我们也去找弟弟和陈伯伯当初去找的
那枚按钮——它会启动木马转盘
唱奏无限循环的时光
　　　　　　　　　其中暗藏着同一粒
死亡，会呈现，新的换算欢乐的方程式

(2014)

火车站

（4月2日·来自小曼的一个变奏）

并非昨夜，是另外的日子
是更多的日子
偶然性迎来又告别一个人
负片里那件黑色皮衣
银盐浮现流逝的脸

　　　　　　　　而昨夜
如此近；昨夜，无限远
混入呼吸的肌肤之亲
残肢和惊骇的油脂与血
火车站交叠着生死岔道

偶然性有一位必然调度员
在白热异地间摆布命运
一列车送人重归倒春寒
一列车却载来
沙暴蒙面的虐杀之利刃

……无限远，如此近
残肢和惊骇的油脂与血
混入呼吸的肌肤之亲

……而宵禁的火车站
并不能阻止一个人返回

（2014）

读书台[①]

合抱的栎树和榆树允许
从天青色深处的无限悠邈里
被鸟鸣的雕刻刀剔尽凡尘的
第一缕阳光透入
　　　　　　　照亮一篇小赋

　　　　　昭明
正该是这样的早晨
当他走进未及题写
寻天然趣的那拱月洞门
看见已经有几位茶客
说话声混编于清风的发辫
石板桌上，玻璃杯摆开
反光剑门太白的翡翠

而他想要摊开旧籍，选出
另一些言辞，爱情诗，选出
栎树和榆树下另一些相遇

鸟鸣的雕刻刀继续工作

---

① 江苏常熟虞山东南麓石梅梁昭明太子读书台。

帮助他镂空他的检阅
　　　　　　　　　帮助他
以星盘慢转的读书台观测
凿造完美的另一片天穹
其间所有的文章灼粲，每个早晨
都会映入另一枚留待啜饮的茶盏

(2014)

它仍是一个奇异的词

我知道这邪恶的点滴时间
——狄兰·托马斯

它仍是一个奇异的词
竭力置身于更薄的词典
指向它那不变的所指

它小于种籽，重于震颤着
碾来的坦克，它冷于
烫手的火焰一夜凝成冰
它的颜色跟遗忘混同

它依然在，没有被删除
夕阳底下，又一片
覆盖大地的水泥广场上
怀念拾穗的人们弯着腰
并非不能够将它辨认

它从未生长，甚至不发芽
它只愿成为当初喊出的
同一个词，挤破岩壳直坠地心
拖曳着所有黑昼和白夜

它不晦暗，也不是
一个燃烧的词
依然匿藏于更薄的词典
足够被一张纸严密地裹住

它不发亮，也不反射
它缠绕自身的乌有
之光如扭曲铁丝

而当纸的捆绑松开
锈迹斑斑的铁丝刺破

它仍是一个奇异的词

(2014)

七夕夜的星际穿越

一架纺车把天琴座光芒缠绕进不眠夜

遥遥相对的小阳台上，幻听者凭栏
并没有看真切，蓝色太空围拢的
伊大嘉
　　　——她是否又在让快进的梭子
趁着黑快退？正当暑夏繁星
全都倒映在楼下游泳池，被一小朵
乌云般黝暗的胖墩儿救生员
用一根细竹竿一颗颗戳灭
织机上她拆散
　　　　　　不打算完工的爱的新乐章

化为乌有的也是旧乐章；用白昼之弓
她每天奏弹的，也是无限往昔的音尘之
旧絮
　喜鹊们倒没有因此而厌倦，星际人
更殷勤，想要把未来所有的此时此刻与
此情此景，充注银河间往还摆渡不已的
航天船。幻听者隔空再去想象
　　　　　　　　　　　救生员抛出
游泳池圆月的一小半之际，尤利西斯

恰在归途，会遭遇怎样险阻的歌喉

天琴座光芒将一架纺车缠绕于不眠夜

*

而他用的是高倍望远镜。掠过游泳池
他的观察，轻易刺穿了大海的灰皮肤
确切地，攫夺大海深蓝的血
　　　　　　　　　　　　并且，他可以
随便叼取更为理想的无限天青色
经由任意伸缩的镜筒，它们会溢满
完善于翱翔的心室和心房——主动脉弓
向右的泵，开始急切奋力地搏动

（……比附的情人节催促闪电
被戳灭的倒影，又要聚集起新的乌云
尽管已经不再是雀鸟，宇宙空间站
还是喧嚷着人神间架桥，依旧允许
胖墩儿救生员膨胀黝暗。而闪电
闪电——闪电催促比附的情人节）

他是否真的来自天鹰座？来自比基尼姑娘
一边在沙滩上吃着烧烤，一边感动的
那颗星星？——正当一对翅膀打开，正当

服务于寂寞的男公关凌空，扯住一根
时光线头，像收回风筝般把不眠夜卷拢于
吧台上一泓清亮的金酒

　　　　　　　　　　奏弹者端起了
水晶杯盏，打算接着……话说下一回

(2014)

小区

扔下电钻，他到阳台上打火抽烟
干涸的游泳池对岸，有人从镜中
现身，朝虚空吐出缭绕的未来

混凝进水泥深处的往昔，在消逝的过去
刚刚被穿透。墙洞另一端，那
时间之豹，依旧在极小的圈中昏眩

那不是慢转的黑胶唱片，不是远古
秋天，一阵晚风盘旋落叶，青铜的月影
随强韧的河流又拐了几道弯

电钻作业时嘶鸣的速度，比绕行地轴的
世事还要快，比擦痛大气的陨星
还要尖利地刺问着宇宙

当他用烟圈
也吐一个未来，模仿自己对面的幽寂
他企图忘记他曾经的管窥——一枚

迎接的漩涡瞳仁，要将他吸入乌有之无限

（2015）

永康县志

一袋瓜子的玫瑰滋味引起地方志
要么是红橘，要么水蜜桃，烤盘里托出几只肉麦饼
绿毫把方岩山麓的云雾和星光散入玻璃杯
有人在旅馆，用他的床头灯拧亮暮晚

他打量的县域图，早已被落地窗外的县城景象
涂抹得一团糟，仅仅能辨认出川防暗影
暗影里闪烁着不锈钢杜鹃——那是鸟，却也是花
——然而都不是。它们的鸣啭，被风吹动的细碎之声

可以翻译成好几种请求
这让他听到了出入往昔的好几个口令，在水脉每一次
分道的关头，总会有梢公唱起拨棹歌，尽管不夜天
　此际
泊泊开来的只剩下机器船

　　　　　　　　　　但那仍然是不错的比喻
企图说出书写之谓，正当他想象自己乘舟
摹仿武陵人循着纸上的河流旧痕回溯旧时光
塘堰故迹跟井泉沿革被仔细追究，疆域形胜、山势
　气派

巷坊分野和乡区物产……直到页间浮出人面
名臣和儒林交杂隐逸者，义行、烈女
武功及文苑诸子也烘托地方神，抬向香火熏黑的洞
移入祠庙，从风俗与地貌抟铸信仰

如果他注目凝固的丹霞，他就混融进攀登的行列
就胡厕于涌向胡厕的仪式和生意，玩味赫灵[①]
趁着曦微——是否有一个地方宇宙迥异于别处
值得深埋进纸的虚薄？并且他听说别处亦有人

慕其赫灵，盗头膜拜，得到的回报却不过是失火[②]

(2015)

① 永康之民多立祠庙祀胡公大帝，胡公名胡厕，后改胡则，字子正，浙江永康人，生卒在公元963－1039年。永康方岩胡公祠最为知名，方岩前有南宋高宗御书胡公"赫灵"照壁。"赫灵"或为当地方言，很灵、特灵的意思吧。

② 郁达夫《方岩纪静》："民国三年，嵊县民乡，慕胡公之灵异，造庙祀之，乘昏夜来方岩盗胡公头去，欲以之造像，公梦示知事及近乡农民，嘱捉盗神像者，盗尽就逮。是年冬间嵊县一乡大火，凡预闻盗公头者皆烧失。翌年八月该乡民又有二人来进香，各毙于路上。"

陈阿林[1]

南洋，算盘珠怎么也除不尽雨水
和需要一次次剃短的前尘
当他从山东路南头的花旗营出来
重新去扮演起事之前的那个自己
心想他再也不会是自己了
或许他从来就不是自己

突围到城外乱坟滩迷失的一夜
并非噩梦，煎熬于上海壁垒的一年
也算不上。他记得深秋天扎头巾
时而去彝场（小东门外
只要几步路），火药
暴涨至每桶二十六洋银……恍惚

---

① 陈阿林，生于1829年，福建青巾会首领，后成为小刀会的一个首领，1853年9月，与刘丽川等率两千余人从北门攻进县衙，占领上海县城，称大明国统理政教招讨左元帅，不久改称太平天国统理政教招讨左元帅，固守上海，屡挫江南大营清军。1855年初，法舰炮轰城破，清军涌入，小刀会弹尽粮绝，弃城突围，刘丽川等战亡，陈阿林迷失于城外乱坟，又躲藏进美国兵营，后搭船到香港，转而流亡南洋经商，卒年不详。

他醒转，从一片月漂过几重大海
透进轩窗的连环魔呓里，忆起豫园
点春堂前，太湖石有着惊涛的造型
借着昏昧间反射的宇宙光，他又摊开
写着五个魔法字眼的奇异的布
露出那柄，一尺七寸长的小刀

（2015）

汪伦的回应

桃花潭水深千尺，不及汪伦送我情。
——李白

五十四岁了他还在玩
到泾县已弄不清今夕何夕，但还想玩

有人走进酒肆，从敞开的座头
注目码头。有人用铜钱和竹签占卜

再过一年，国破；再过三年或许遭流放
再过八年此生和篇章全部都交付

那些诗行却也是来世，谁诵读，谁就漫游
就恍恍与之去，举杯销愁愁更愁

又坐到酒馆窗前的时候，有人赞叹月下飞天镜
而他继续玩，乘舟将欲行。二十六年不复！他记起

当初送友人直至碧空尽，如今反过来
他要为送行者去唱欢乐颂。他想象当初

（二十六年不复！）在一间英国人遗留的办公室

有人写坏了几支圆珠笔，未必不知道浮出纸面的

其实是他的言辞之倒影，那些倒影里
云生结海楼，而宇宙回廊间鸟道盘旋

纠缠意义交叉的天气。当暝色入高楼有人继续写
思想正高飞，手可摘星辰；如今却乘着超级升降器

疾疾落下来。有人走出了玻璃摩天塔，他返身仰望
塔尖刺穿往昔的太阳。他的眼睛被强光晃到了

这样就不用仰望第二次，不用错视加错视
看见有人消失，没入地平线就像他自己

孤帆转到了另一颗西沉的太阳背面
那么我依然踏歌，他已听不见

要是有人依然赞叹，路过青弋江说一声
桃红，那么我就对之以李白

（2015）

宇航诗

永恒的太空那晴朗的嘲讽
——马拉美《太空》

I

大气是首要的关切。航天器不设终点而无远
它过于贴近假想中一颗开始的星
新视野里除了冰脊,只有时间
尚未开始

它出于鸿蒙之初最孤独的情感。在山海之间
发现者曾经晏息的小区又已经蛮荒
幽深处隐约有一条曲径,残喘于植物茂盛的疯病
追逐自己伸向尽头的衰竭的望远镜

黄金云朵偶尔会飘过,偶尔会堆砌
突然裂眦:潭水暴涨倒映一枚锈红的
月亮,瞳仁般魔瞪操纵夜空的太空之空
宇宙考古队拾到了传说的钛金储存卡

那么他死去也仍旧快活于曾经的恋爱
当风卷卧室的白色窗纱,精挑细选的镜头

对准了窗纱卷起的一叠叠波澜，波澜间冲浪板
锋利的薄刃，从造型嶙峋的惊涛透雕宝蓝色天气

这不会是最后的晴朗天气，然而最后的影像显示
扮演恐龙者全部都窒息。防毒面具换成航天盔
他隐约的目的性在星际幽深处，因遨游的
漫荡无涯而迷惘。当他的身体化入

共同体，他无限的意识不仅被复制
也被彗星拖拽的每道光携带，摩擦万古愁
或许出于思绪的延伸(像一条曲径)
被切割开来的黑暗未知如果是诗，没有被切割

永不能抵及的黑暗未知之浩渺就一定是
而在眼前的新视野里，发现者尚未开始的又一生
已经从储存卡获得了记忆——另一番想象
来自前世的一个夏天：斜穿过午梦闪耀的宁寂

大人带孩子参观动物园。鸟形禽馆栖于阴翳
粗陋的铁栅栏，挡住麒麟和外星独角兽
“肉鲜美，皮可制革。”标牌上刻写
精确的一行字，曾经，也是诗

Ⅱ(前传)

但只有水暗示生命的诗意；只有水

令横越沙漠的骆驼队狂喜，令巨大的猜测
在万有引力场弯曲的想象里
穿过宇宙学幽渺的针眼

未必得益于超距之戏

倏忽，他成了超弦演义里独自弹出的那个
百夫长，航天盔忧郁，弧面映日也映出书生
由光谱演绎的液态幻象。人造卫星九霄里繁忙

把地狱消息又折射回人寰，空间站废置的
时间机器，依旧逆溯着枯索的商旅
直到干冰以绝冷雕刻的虚薄印迹
显现其化石于无何有深处的或许的证据

但只有水暗示生命的诗意；只有水
将种种假说演化为镜像对称的另一粒地球
悬挂在从他的盥洗室舷窗最方便摘取的永夜枝头
他伸出的食指如果去触探，他也被触击

无极之寒

搜括仿似巴洛克音乐速律的脑电波，冻凝一支支
将会比蝴蝶更炫耀地展开的幻影赋格，铺设进
星际人彩排的神圣轻歌剧转烛的复调

忘了是在哪一轮未来，很可能他已经踏破极冠

要么登上砾岩之丘，去俯察几个滚烫的撞击坑
并不能确定，那里面是否有珍贵的涟漪一闪念
消失，连同荡漾和平复的质地，连同

消失的映照，反向映射不眠的天文台
为企望往生发明又一种往生的企望——但只有水
暗示生命的诗意；只有水引起没来由的干渴
要是不以涸竭为预期，他挑衅时空曲率的步点

就又得移回火箭样式的妄想巴别塔
忘了是在哪一轮未来，变乱的语言也念叨着水
他所模仿的虚构的发现者，浮现出来，模仿着
他，透过盥洗室舷窗的黎明递送宇航诗

（2015）

虹

（演义于沈括）

——世传虹能入溪涧饮水

猫一样弓起七彩的优弧，虚空里它磨蹭
好奇之痒，它越来越魅惑的拱形身体
越来越吸引注视的抚摸
　　　　　　　　　　而当它睡姿稍稍
翻侧，它让我又梦见另一处溪涧，激波
归于澄澈，倒映另一段锦绣小蛮腰，横过
蓊然巨木枝梢的桨叶划破雨后初霁的长天

这意愿的折射，折射我兴味和志趣的异色
我知道我将筑我的园庐，以梦中之溪
停萦杳缭，把萧然永日的省思环抱。对影
我倾谈，深居绝过从，杂处豕鹿间自得其乐
丘陵顶上，百花堆中央，轩窗俯临
田亩的棋盘，阡陌为已知世界划经纬
又伸向辽远的未知宇宙……那儿，我设想

或许有几个我之非我，好像阳燧的凹面
反照，我反转我——如果未除却心镜之碍
那么我看着鸢往东飞，十字阴影就会西翔

充任背景的一枚舍利塔，就会朝地狱悬垂
去钻探……这是否梦溪岔出的一条支流
恍若，别名蝃蝀的别样的虹，混流斑驳
错杂着相违的众多的我

反向幻忆一次次
幻显：一遍又一遍，粮食被淘洗，淀粉
濯尽，白晰柔韧的面筋裸露女人体之妙
一遍又一遍，铁因为百炼不再减轻，终成
黯然青黑的纯钢；我一遍又一遍探窥极星
这才把极点的天位确定；我一遍又一遍
在扬州，在杭州，在东京和出使西京的客馆

被无数个梦的相同场合与场面提醒，直至
无外的必然借来一位偶然道士，示我以镇江
（真切的华胥国）——为了确实的滋味乡愁
张季鹰赴归确实的故地，我归赴虚构的乡梓
旧风景，为了完成虚构的故我——京口之陲
正好可以是一个晚境，城市山林众树太繁盛
甚至苍郁得过于荒茂，其间我命名的逝水

蜿蜒，正好可以秉烛夜航——笔的篙橹
纸的扁舟，载我顺逆于相悖的方向，穿越
奈何桥幽昧的半圆拱，抵达同一种自然天命
波澜被船头一寸寸犁开，却依然卷扬

梦之溪涧的水声喧哗……想象潺湲于经验
荡漾假设和推断，我以我的某一番见识
鉴别一幅正午牡丹：被日焰烧焦的艳丽之下

猫的瞳仁演绎时间；呈现一条细线的
虹膜，深底里深藏燃不尽的花影——转眸
漫空又漫溢燃不尽的星光……我猜测猫眼睛
也是浑天仪，反复测量太一生水的玻璃体穹隆
我看到一道新虹跃起，猫的弯曲身形
又去好奇地汲饮——半圆拱如之奈何，一端
梦溪，一端浸在我每个寻常日子的深涧

水

是水，是冰霜雪，蒸腾的云气，始原之力
最亲切的智识无形地渗漓，摄一切有形
作为其虚像；水，是道，是莫名多情，并且
万古愁，并且染渍，并且清洁——染渍或清洁
水的自我……水却，还不是；水还不是
小于每个水滴的水，水还不是水的物自体

水的命理学，由一个个小雨点借光又分光
闪烁，数十百千年事皆能言之的前知前定
而我只愿熟观今日，迷惑于今日的往昔之忆
未来之变。更细的雨幕更多幽渺，幽渺里一条虹
鞠躬饮水——梦溪边我梦见扣涧注视它

与之对立，相去数丈，间隔的喜悦飘拂着薄纱
要是我过岸撩开薄纱，那么就梦醒，都无所见

——虹乃雨中日影也，日照雨，则有之

(2016)

如何让谢灵运再写山水诗

卸掉前齿，且留些后耻
当山行穷登顿，陡峻稠叠更提醒
注目。巨岩在背阴处多么幽黯
白云环绕，白云擦拭，也只是益发
反衬其幽黯。清涟之畔细竹枝斜曳

海岸寥寥，海岸线涌起万岭千峰
在自身的万姿千状里寂寞
林间空地乱鸣雀鸟，远音稍显飞鸿
一起沦入黄昏的昏黄。星转，拂晓
霜的微粒轻颤，被抖落——薄月

隐入玻璃天之冬。雪的六边形晶片
则是新奇的另一种玻璃，唯有寒意
没有尘埃。温暖会带来污浊和
消失……光还未及照进深潭，母猿
一跃，隐晦间倏然有新思想映现

为此他或许略去人迹，车辙，炊烟
黄金比例的宫殿；驿站射出马之
快箭，向太守传达最新的御旨
船向岸边的集市围拢，他的头颈

——几年后难免在那儿被砍断

要是追认他觉悟于风景，又去
唤醒自然的情感，以一番番郁闷
愁苦、失意和孤独配套其吟讽
他劈开浓翳密竹，抵及迷昧之核的
道路就贯通至今，就会劈开心的迷昧

要是他返回，勉强现身于都城相套着
九环地狱的任何层级，探看自家楼下
雾霾模糊的池中起波澜，掀动一颗
以怨恨沙尘弥漫为空气的星球倒影
倒影里有一对肺叶翅膀已锈迹斑斑

那上面滚动混羼的水珠，本该剔透地
滚动于莲叶……无穷碧；又比如他
继续攀登，歇脚在一株乌桕树下
抬头所见，青峦映入死灰的天色
像一名患者麻醉在手术台，那么

是否，他更加有理由发明山水诗

（2016）

南游记

（山海天诗会·写给蒋浩）

……一同抵达的还有薄暮
海映在天上，紫光拍打云的珊瑚礁
要不了多久谁就都相信，夜正在翻作
千窟万窍的巨澜漫卷，星星钻出来滑翔
踏着炫耀其闪烁和互相轩邈的冲浪板

朝向这一切，超级大堂的空阔便会有
宇宙空阔，水晶质地的龙宫架构间
的确暗藏过几样神珍。鲫鱼精觊觎
化身为近似鲤鱼的金鱼腾起了霓虹，乃至
霓虹灯，却不敌金枪鱼迅疾闪击，并且

鲸鱼，将上喷的水柱展开成旋翼，半空中
直升飞机般巡洋——当奇境穿越几番旧演义
新演义又提议：参观奇境的下沉式酒吧
章鱼调酒师服务葛优躺，自个儿葛优秃
忙碌于瓶罐杯盏明灭的仪表盘。颅骨的

航天盔弯曲意念，要把专程到访的一干人
以混乱缤纷醺醺然，醒豁地送离醒的大气层
——他们的加速度错失月亮，更快，甚而

来不及掏手机，拍下土星环带倾侧的忧郁症
他们又扭头回看到第二天，能够去指认

昨晚的来路。地球渺渺，幸好被裹进
较多的蔚蓝。九点烟里，他们找来了
一弯依稀隐现的碧绿——很可能已经
呼吸困难——他们仍奋力说，这有如开始
开始啊永远会重新开始……继续遨游

就继续探讨，设问开始如何被发明
梦的返回舱，如何把写作的再入角算对
但他们再被引力揽入也还是醉了，也还是
用一个醉了的观测点看见他们，经由那弯
最澄澈的开始，登上一座山顶小凉亭

天浸在海里，连同三叉戟和它的警句或
绝句尾迹云，连同正午，几处星座不肯匿形
明示他们，翻过红土丘陵的懒散，淘宝于
虾兵蟹将用迷彩迷蒙的发射基地——母龙
献策，金箍棒火箭，会从别的海快递过来

（2016）

读一部写于劫后的自传

死亡营有一个虚妄的结构
出生于其间或许偶然
那么他只为必然成长
他如此年轻，期盼获救
能够熬到幸存的第二天

他将活进——仿佛得以
支配虚妄的第二宇宙
并且替换——在它前夜
毙命的自己：头顶越来越
绝望的标志，看更高处

盘旋的星空引起无数
飞升的意愿。如果他摘来
几颗悬浮月，他会否尝试
其中最为诱人的如果？球面镜
反射主宰之光，又映入他那枚

不该被抹去的挣扎的侧影
——他醒在劫后陌生的早晨
长窗敞开，自由的鸟鸣引起
惊异。如何置信呢？啁啾
过于美妙，充斥第二命运

而当一颗心经历了过于
美妙的白昼回到黯然
敞开的长窗下，他又领受
从来不能够领受的明净。那是
想象，想象随所欲夤夜漫步

那是临终最后的意愿，开始
第二生必要的理由。如果他
因而，尝试了最为诱人的
如果，那他就获知，就被
抹不掉的已逝照临——清辉

投向每一种闪烁，闪烁一枚
相同的幽魂。这新的球面镜
并不反射殉难之光，又该
何皎洁？又能将他怎么去
定义?！——他唯有继续

到锦绣未来继续逆溯，穿透
必要的死前之死……死者
才是真正的幸存者，在他体内
激活不死。他回忆他的所有
今后，死亡营有一个虚妄的结构

(2016)

度假

唯一的改变是一成不变
街巷依旧狭窄，来自天上的巨流依旧
在穿越几片次生林以后又拐过季候
到小旅馆窗下已显得静谧
水中悬浮的黄金锦鲤依旧不动
仿佛云眼里飞鸟不动的一个倒影

他们到来仅只是照例
就像航班照例延误，飞机却照例傍晚
降落，一盏打开往昔的灯，照例昏黄
灯下的茶碗和去年未及读完的书
照例摆放在同一家餐厅的同一张桌上
打烊时告辞，小费也照例

银行汇率跟空气指数稳定于适宜
树阴下的鞋匠铺，民居楼里寂寞的书店
江堤上情侣推单车散步，他们的姿态和
莫测的表情，有如一部回放的默片
猫在报摊还是弓着往日的睡形
偶尔有雨，预料般重复上一场雨

斗转星移世事缭乱，每一刻都展现

一层新地狱。然而仍有某种胜境
坚持记忆里终极的当初。那么他们就
临时放下各自的武器，抽身去战前
那间并无二致的酒吧。交火双方对饮
酩酊，确认此刻为真——他们正在度假

（2016）

北京人

特征不是没有下颏,而是已经盗取了
火。年纪轻轻就在老林里要那根棍子
打猎,嚼果儿,还要吸果儿,组织
黑社会。他们十来岁就能知天命
但他们砸石头,发明剖开剑齿虎腹腔的
暴力之斧。他们钻进猛兽又钻出
学着做人,直立,行走,花几十万年

住进山顶洞上室的幽昧,昏花里打磨骨针
海蚶壳,缝梅花鹿皮的齐屄短裙
串起项饰定义了美。他们继续明火执仗
甚至一箭射穿紫禁城,玩鹰遛狗,唱
玉堂春,维新不成又打义和拳,回头提议
重建圆明园。绘上蓝图的每个圈里全都是
"拆",环环套起地狱形状的天上人间

火被设想为最高贡献,巨大的成功
最后一口氧气,为此也必将燃烧成灰烬
弥漫在长城上下抵挡敌对势力的周遭
对流层里的白昼是夜,夜是扇动翅膀的
肺,被交错的汽车大光灯打量、扫射
剪去仍用于呼吸的部分。他们也仍用

火炬接力传递说“火了！”，花几十万元

又几千万元，在新风系统的巢窟里各自
爱惜羽毛，回顾世界险恶时艰苦奋斗
进化成实现了始祖鸿鹄之志的鸟人
他们想添加飞往天涯海角的本能
用口罩遮起前突的嘴，暴烈的齿
曾朝着猛犸示威的狂吼。或许他们
还想进化……特征是空，再无需肺腑

（2016）

另一首宇航诗

真正的冒险是逃离险境。霾固然窒息
要奋力投奔的真空星座更让人犯愁
而且，他提示父亲，眼下甚至没有了
眼前。费尽亿兆时日和心力，大气迷宫

的确已造就，这世界奇观一望无所见
一牛九锁于其中的牛头怪牛瞪着盲视
牛祸之牛哀，却依然牛掰，凭牛劲执牛耳
要像牛市冲上牛斗般跟自己顶牛，钻

牛角尖——这些个史前词早变得晦涩
要么被设定为会引起颠覆的敏感词、废词
并没有可能在末日混沌里擦拭掉污浊
重现一种有如牛蝓的尖锐穿透力

那么那诅咒是否也失效？硅晶身体和
程序思维的童男童女刚组装起来
赶不及上线下载灵魂就遭遇吞食
祭献物统一莫测的表情，红肿着喉阀

用类似咆哮的掏心咳嗽发炎其幻灭
被劫持的整体，则全为呼吸套上了

禁锢发声的防毒罩笼络……他父亲于是
对儿子摇头，没有谁还在说“吾与汝

偕亡！”——也没有谁还能摸到出口
从悬浮无限细颗粒魔昧的此梦里醒转
对镜清理掉多环芳烃跟重金属眼眵
辨认脸上的自然本相——但伊卡洛斯

终得以突围，从上一纪古视频“首都
三叠”寻找虫洞，重启沙漠里 1971 年
折断的飞行器，补上气溶胶，羽毛
石油焦助推，生天去亲近亡毁的新宇宙

（2016）

略多于悲哀

于是就被又一次升华
当身体组织变为癌组织
甚至扩散到每一部手机
污染每一条河流，小血管
耗尽泥土贮藏的生命力
以及岩石最后的坚毅

骨头

于是就被又一次升华
化作灰，要么烟，散成绮
或者想象的一张张空椅
当天上弥漫火焰的碎尸
落向层出不穷的言辞
难以删尽的泡沫，浪

舌头

于是就被又一次升华
舔卷余烬，如簧弹激
未尝没去尝勇气料理
当献身以陷身一跃腾踯

现实的出口朝向超现实
死亡替换了另一个词

断头

于是就被又一次升华
就喷染霞色，溅开梅花图
而遮目的热泪几乎融释了
意愿坚冰。当冷酷的智识
热点里滚沸，蒸发之诗
又会有哪样的新政治

兆头

于是就被又一次升华

……接着我不知
还能怎么写：一个新噩耗
移开了我手，从有着体温的
鼠标脊背——它过于私密
但是更沉痛，在更小范围里
倏忽一现，更加不适合
为之写下诗？当世事凌空
云和云堆叠，落下滂沱雨
也就散去了……我不知

接着还能怎么写

昨天
有一条公路垮塌在山那边
离我的住处大约十八里
今天一早有人醒来说
梦见泥石流，把我们覆盖

（2017）

跋

这本诗集是我二十年前在北京出版的同名诗集（我第一本诗集）的增订版。除了添加之后所写的七十多首诗，也补充了之前写下而未收入当初那本诗集，然而尚可保留（或许并非仅对我个人有纪念意义）的若干首诗。另外我拆解和调整了自己上世纪八九十年代的一两个组诗，其中有些篇章，也作为单独的诗作编进了此集。趁编选的机会，我免不了又去改动过去所写的某个词、某行某节，有两三首诗，我甚至完全重写了它们。标于诗后的，仍是最初完稿的年份——最初完稿距离一首诗的完成，却还有遥远的路程，就像谁说的那样，写作之于作者，永远是未完成……然而我希望收入这个集子的短诗成为定稿，标准版本——它们的未完成状态，到此能够暂告结束，能够去纠正以往登载和流传于报刊、书籍、网络上的我那些短诗的种种错讹。被我摈除于这个集子的我以往一些短诗习作甚至劣作，但愿没人会再捡起它们。1997年，《海神的一夜》出版的时候，我二十六岁，一个被视为抵达人生中途的年龄（我那时似乎也步入过“一片幽暗的森林”……）；这个同名的增订版诗集（收录了从我开始写作的1981年，直到2017年的全部短诗），则将我的写作年龄数到了三十六——它显然已经超过了一个人写作的中途（我不敢说自己可以再写三十几年），但我还是想把它当作“中途小歇”。参与到小歇里的，还会有也已编订好，将在近期出版的我的组诗和长诗“全编”，以及诗文本《流水》，以及一本用一半篇幅呈现我的几组“连行诗章”的自选诗集。它们呈现出到目前为止我诗歌写作的全貌，而这种全貌，由最早的短诗写作引起——并且我一向视短诗写作为根本性的写作……所以，这本我的短诗“全编”的出版，才使得有点儿规模的此番“中途小歇”对我显得重要。这要感谢梁雪波先生，是他的提议和为实现提议的杰出工作，让增订版《海神的一夜》问世。它之于我写作的重要性，其实不止于成为此后写作的“中途起点”——不过，比如说，没有站到这么个由一种或数种诗集开启的新一轮对话的“中途起点”，我想我不会有把握设想全程的写作。

陈东东，2017 年 12 月，上海